U0066514

瑞蘭國際

瑞蘭國際

瑞蘭國際

一比就通！名部落客WAWA的

手指日語便利帳

暢銷修訂版

林潔珏 著

不會說就用比的啦！

　　有一陣子和日本這邊的歐巴桑一樣很哈韓劇，韓劇看多了，自然會渴望前往韓國朝聖一番，除了造訪讓我記憶深刻的場景，更想大啖劇中令人垂涎的美食。即使當時韓語一竅不通，狂熱終究戰勝不安，不愛跟團的我在書店找了1本手指韓語就大膽的飛往韓國了。

　　對啊，我們不是常說，不會說就用比的嗎？這招果然管用，只要手指著書上的韓文，不開口也能大致搞定。不過當時攜帶的手指書，因內容編排的關係，用起來很容易手忙腳亂，常常得麻煩好心的在地人等待，以上種種也讓我連想到不諳日語的台灣朋友來日本時，是不是也需要一本能按書索驥、隨時可解決溝通問題的手指日語書呢？這正是我著手撰寫本書的動機與初衷。

　　本書按「機上・機場」、「交通」、「住宿」、「美食」、「觀光娛樂」、「購物」、「困擾」七大情境以及可能發生的狀況，依序以簡單的用句和代換形式，讓您盡速達到溝通的目的。為了讓這本書更具臨場感，不論是情境表達還是單字說明，都附有我精心拍攝的相片讓大家比對參考，光看相片很快的就能找到提問的位置，對方也可以迅速為您解答。即使您對日語50音完全陌生，只

要帶著這本書必可一比就通。此外，本書的旅遊小補帖專欄還會與大家分享不少旅日不可不知或知道會更好的資訊，相信會使您的旅程更臻完美。至於想和當地人哈拉兩句或略懂日語的朋友，本書也備有精簡的內容方便大家發揮或做更進一步的學習。

　　想去日本卻因日語不通而裹足不前嗎？別擔心，不會說就用比的啦！

本書3大單元，陪你輕鬆暢遊日本

Part 1　行前準備

匯集旅遊期間每天一定用得到，而且使用頻率極高的基本日語，把這些內容記起來，必能讓您更快進入狀況。

PART 1
行前準備

本章內容匯集旅遊期間每天一定用得到，而且使用頻率極高的基本日語，俗話說有備無患，行前花點時間過目一遍，有了概念，即可出發。當然如果能把這些內容記起來，必能讓您更快的進入狀況。

| 打招呼 | 超基本用句 | 超基本句型 |

Part 2
情境別手指日語實踐

出國旅遊，不論是購物、用餐、觀光，一定得開口表達自己的需要。本單元將旅程中各種場面會出現的語句，按情境整理歸納，即使是不諳日語的朋友，只要手指著相應的句子或單字，就能很快地把想問的事情、想說的話表達出來。

Part 3
記起來會更好！

數字、日期、時間、數量詞是在各種場面使用率極高的基本單字。出發前若能熟悉這些基本概念，勢必如虎添翼，讓溝通更順暢。此外，出國旅遊除了能增廣見聞，若能在異地結識當地朋友也是一大樂趣，準備好如何自我介紹了嗎？

張開口説一説

全書日文都有附上
羅馬拼音，説日
文，也可以這麼迅
速容易！

動動手比一比

只要動動手，指著
相應的句子或單
字，就能很快地把
想問的事情、想説
的話表達出來。

圖文對照好實用

最豐富的實拍彩
圖，不用眯著眼睛
搜尋螞蟻般的小
字，直覺式跟著比
就對啦！

Part
色々な料理を楽しむ | i.ro.i.ro.na ryo.o.ri o ta.no.shi.mu
盡享各種美食

□□□□付きのセットでお願いします。

□□□□ tsu.ki no se.t.to de o ne.ga.i shi.ma.su

我要附 □□□□ 的套餐。

不會説的
時候比這裡

▶ **サラダ**
sa.ra.da
沙拉

お新香
o shi.n.ko.o
醬菜

味噌汁
mi.so.shi.ru
味噌湯

キムチ
ki.mu.chi
泡菜

ご飯は □□□ でお願いします。

go.ha.n wa □□□ de o ne.ga.i shi.ma.su

麻煩你白飯 □□□ 的。

不會説的
時候比這裡

大盛
o.o.mo.ri
大碗

並盛
na.mi.mo.ri
普通碗

小盛
ko.mo.ri
小碗

124

お好み焼 o.ko.no.mi.ya.ki；什錦燒

☐☐☐をください。
☐☐☐ o ku.da.sa.i
請給我 ☐☐☐ 。

不會説的時候比這裡

豚玉
bu.ta ta.ma
豬肉加蛋

烏賊玉
i.ka ta.ma
花枝加蛋

たこ玉
ta.ko ta.ma
章魚加蛋

すじ玉
su.ji ta.ma
牛筋加蛋

チーズ玉
chi.i.zu ta.ma
起士加蛋

豚キムチ
bu.ta ki.mu.chi
豬肉泡菜

ミックス玉
mi.k.ku.su ta.ma
綜合加蛋

スペシャル玉
su.pe.sha.ru ta.ma
豪華特製加蛋

美食篇

精彩附錄

五十音韻表、日本行政區、電車路線圖，一本帶著趴趴走，實用又豐富！

CONTENTS

Part 1 行前準備

Part 2 情境別旅遊會話句

CONTENTS

Part 3 記起來會更好！

附錄

PART 1
行前準備

本章內容匯集旅遊期間每天一定用得到，而且使用頻率極高的基本日語，俗話説有備無患，行前花點時間過目一遍，有了概念，即可出發。當然如果能把這些內容記起來，必能讓您更快的進入狀況。

打招呼　　超基本用句　　超基本句型

PART 1

<ruby>出発前<rt>しゅっぱつまえ</rt></ruby>の<ruby>準備<rt>じゅん び</rt></ruby> | shu.p.pa.tsu ma.e no ju.n.bi
行前準備

MP3
01

<ruby>挨拶<rt>あいさつ</rt></ruby>

a.i.sa.tsu；打招呼

おはよう。
o.ha.yo.o
早安。

こんにちは。
ko.n.ni.chi.wa
午安；你好。

こんばんは。
ko.n.ba.n.wa
晚安。（用於晚上見面時）

お<ruby>休<rt>やす</rt></ruby>みなさい。
o ya.su.mi.na.sa.i
晚安。（用於睡覺前）

どうもありがとう。
do.o.mo a.ri.ga.to.o
非常謝謝。

どういたしまして。
do.o i.ta.shi.ma.shi.te
不客氣。

さようなら。
sa.yo.o.na.ra
再見。

すみません。
su.mi.ma.se.n
不好意思、對不起。

※ 除了表示歉意之外，多用在有事情要麻煩或打擾他人的時候。例如問路或要求借過一下，都用得到。此外，「<ruby>失礼<rt>しつれい</rt></ruby>します」（< shi.tsu.re.e.shi.ma.su >；失禮了）也是打擾他人時常用的招呼語。

超基本フレーズ
cho.o ki.ho.n fu.re.e.zu；超基本用句

はい。
ha.i
好的；對的。

いいえ。
i.i.e
不；不對。

いただきます。
i.ta.da.ki.ma.su
開動。

ごちそうさまでした。
go.chi.so.o.sa.ma de.shi.ta
謝謝款待。

※ 在餐廳用餐後，也可以對服務人員這麼說來表示謝意。

ごめんなさい。
go.me.n.na.sa.i
對不起。

大丈夫ですよ。
da.i.jo.o.bu de.su yo
沒關係啦。

気にしないで。
ki ni shi.na.i.de
別在意。

ちょっと教えてください。
cho.t.to o.shi.e.te ku.da.sa.i
請問一下。

どうぞ。
do.o.zo
請；請説。

もう一度言ってもらえますか。
mo.o i.chi.do i.t.te mo.ra.e.ma.su ka
能請您再説一次嗎？

そうですか。
so.o de.su ka
原來如此。（語尾下降）/
是那樣嗎？（語尾上揚）

15

わ
分かりました。
wa.ka.ri.ma.shi.ta
知道了；了解了。

わ
分かりません。
wa.ka.ri.ma.se.n
不知道；不懂。

み
見るだけです。
mi.ru da.ke de.su
我只想看看。

み
ちょっと見せて
ください。
cho.t.to mi.se.te ku.da.sa.i
請讓我看一下。

いくらですか。
i.ku.ra de.su ka
多少錢？

まけてくれませんか。
ma.ke.te ku.re.ma.se.n ka
可不可以算便宜點？

ま
ちょっと待って
ください。
cho.t.to ma.t.te ku.da.sa.i
請稍等一下。

ねが
はい、お願いします。
ha.i o ne.ga.i shi.ma.su
好的，麻煩你。

けっこう
いいえ、結構です。
i.i.e ke.k.ko.o de.su
不了，謝謝。（表示委婉的拒絕）

ちょう き ほんぶんけい
超基本文型
cho.o ki.ho.n bu.n.ke.e；超基本句型

┌─────────┐をください。

└─────────┘ o ku.da.sa.i

請給我 ┌─────┐ 。

※購物或點菜時的常用表達方式。會話時，可省略助詞「を」。

請你跟著
說說看

これをください。
ko.re o ku.da.sa.i
請給我這個。

コーヒーをください。
ko.o.hi.i o ku.da.sa.i
請給我咖啡。

これは ┌─────┐ ですか。

ko.re wa └─────┘ de.su ka

這是 ┌─────┐ 嗎？

※詢問眼前物品時常用的句型。距離自己不遠的指示代名詞要用「それ」（< so.re >；
那個），距離較遠的則使用「あれ」（< a.re >；那個）。

請你跟著
說說看

これは日本製ですか。
ko.re wa ni.ho.n.se.e de.su ka
這是日本製的嗎？

これは鍍金ですか。
ko.re wa me.k.ki de.su ka
這是鍍金的嗎？

17

| | はありますか。
| | wa a.ri.ma.su ka

有 | | 嗎？

※ 詢問有無某商品、餐點、服務的常用句型。會話時，可省略助詞「は」。

請你跟著
說說看

いちにちじょうしゃけん
一日乗車券はありますか。
i.chi.ni.chi jo.o.sha.ke.n wa a.ri.ma.su ka
有一日乘車券嗎？

わりびき
割引はありますか。
wa.ri.bi.ki wa a.ri.ma.su ka
有打折嗎？

- -

| | はどこですか。
| | wa do.ko de.su ka
| | 在哪裡？

※ 問路時常用的句型。

請你跟著
說說看

しぶ や えき
渋谷駅はどこですか。
shi.bu.ya e.ki wa do.ko de.su ka
澀谷車站在哪裡？

の　　ば
バス乗り場はどこですか。
ba.su no.ri.ba wa do.ko de.su ka
公車乘車處在哪裡？

場所 に 施設か設備 はありますか。

[____] ni [____] wa a.ri.ma.su ka

在 場所 有 設施或設備 嗎？

※ 詢問附近有無某些設施、設備的常用句型。

この近くにトイレはありますか。
ko.no chi.ka.ku ni to.i.re wa a.ri.ma.su ka
這附近有廁所嗎？

ホテルに自動販売機はありますか。
ho.te.ru ni ji.do.o ha.n.ba.i.ki wa a.ri.ma.su ka
飯店裡有自動販賣機嗎？

[____]をもらえますか。

[____] o mo.ra.e.ma.su ka

我可以要[____]嗎？

※ 不論是用餐時要茶、要水，還是購物、觀光時索取收據、簡章，都用得到這句話。
由於使用頻率極高，記起來會很方便。

お茶をもらえますか。
o cha o mo.ra.e.ma.su ka
可以給我茶嗎？

パンフレットをもらえますか。
pa.n.fu.re.t.to o mo.ra.e.ma.su ka
可以給我簡章嗎？

☐☐☐☐（し）たいんですが……。

☐☐☐☐（.shi).ta.i n de.su ga

我想要☐☐☐……。

※ 除了表達「想做～」之外，也是出國旅遊要求某些服務的常用句型。「……」
雖表示話沒講完，因為對方通常知道接下來該怎麼做，若無特別指定，一般
都會省略。

チェックインしたいんですが……。
che.k.ku.i.n.shi.ta.i n de.su ga
我想要check in……。

も　　かえ
持ち帰りしたいんですが……。
mo.chi.ka.e.ri.shi.ta.i n de.su ga
我想外帶……。

☐☐☐☐（し）てもいいですか。

☐☐☐☐（.shi).te mo i.i de.su ka

可以☐☐☐嗎？

※ 拍照、試穿、借用廁所等，請求對方許可時常用的句型。

しゃしん
写真をとってもいいですか。
sha.shi.n o to.t.te mo i.i de.su ka
可以拍照嗎？

20

試着してもいいですか。
（しちゃく）

shi.cha.ku.shi.te mo i.i de.su ka

可以試穿嗎？

日語會話中重要的「附和」

「附和」是日語會話中不可或缺的重要元素，也是與日本人交談時應有的禮貌。因為日本人較多慮也缺乏安全感，所以在談話當中，聽話者常藉由「はい」（＜ha.i＞；是的）、「うん」（＜u.n＞；嗯）、「そうですか」（＜so.o de.su ka＞；是這樣啊）這樣的附和語來表示理解、認同或有興趣，除了表示自己有在仔細聽，也能讓說話者安心。其他常用的附和語如下，若有機會和當地人交談，使用起來會很方便喔。

本当ですか。（ほんとう） ho.n.to.o de.su ka 真的嗎？	**そうですね。** so.o de.su ne 是的，的確。 （表示同意對方說的內容）。
へえー、そうなんだ。 he.e.e so.o.na n da 嘿～，原來如此。	**もちろん。** mo.chi.ro.n 當然。
まさか。 ma.sa.ka 不會吧！	**そうだろうね。** so.o da.ro.o ne 我想也是呢。
知らなかった。（し） shi.ra.na.ka.t.ta 我竟然不知道。	**おっしゃる通りです。**（とお） o.s.sha.ru to.o.ri de.su 您說的一點也沒錯。
なるほど。 na.ru.ho.do 的確，果然。	

PART2
情境別
手指日語實踐

出國旅遊，不論是購物、用餐、觀光，一定得開口表達自己的需要。
本章將旅程中各種場面會出現的語句，按情境整理歸納，即使是不諳
日語的朋友，只要您手指著相應的句子或單字，就能很快地把想問的
事情、想說的話表達出來。

機上・
機場篇

機内で _{き ない} | ki.na.i de
在機上

お願いする _{ねが} o ne.ga.i su.ru；請託

をください。

o ku.da.sa.i

請給我 　　　 。

不會說的
時候比這裡

ドリンクなど （< do.ri.n.ku na.do >；飲料等）

お湯 _ゆ
o yu
熱開水

サイダー
sa.i.da.a
汽水

コーラ
ko.o.ra
可樂

紅茶 _{こうちゃ}
ko.o.cha
紅茶

コーヒー
ko.o.hi.i
咖啡

砂糖 _{さ とう}
sa.to.o
糖

ウーロン茶 _{ちゃ}
u.u.ro.n.cha
烏龍茶

緑茶 _{りょくちゃ}
ryo.ku.cha
綠茶

ミルク
mi.ru.ku
奶精

オレンジジュース
o.re.n.ji ju.u.su
柳橙汁

トマトジュース
to.ma.to ju.u.su
番茄汁

ウィスキー
wi.su.ki.i
威士忌

ビール
bi.i.ru
啤酒

赤^{あか}ワイン
あか
赤ワイン
a.ka wa.i.n
紅酒

白^{しろ}ワイン
しろ
白ワイン
shi.ro wa.i.n
白酒

ミネラルウォーター
mi.ne.ra.ru wo.o.ta.a
礦泉水

スパークリングウォーター
su.pa.a.ku.ri.n.gu wo.o.ta.a
氣泡礦泉水

アップルジュース
a.p.pu.ru ju.u.su
蘋果汁

還可以這麼說：

氷^{こおり}なしでお願^{ねが}いします。
こおり　　　　　　　ねが
氷なしでお願いします。
ko.o.ri na.shi de o ne.ga.i shi.ma.su
請不要加冰塊。

不會説的
時候比這裡

🌊 機内食（< ki.na.i.sho.ku >；機上餐點）

ぎゅうにく
牛肉

gyu.u.ni.ku
牛肉

さかな
魚
sa.ka.na
魚

ぶたにく
豚肉

bu.ta.ni.ku
豬肉

とりにく
鶏肉
to.ri.ni.ku
雞肉

めん
麺

me.n
麵

パン

pa.n
麵包

はん
ご飯

go.ha.n
飯

不會説的
時候比這裡

🌊 機内用品など（< ki.na.i yo.o.hi.n na.do >；機上用品等）

とうじょうけん
搭乗券

to.o.jo.o.ke.n
登機卡

おしぼり

o.shi.bo.ri
擦手巾

もう ふ
毛布

mo.o.fu
毛毯

まくら
枕

ma.ku.ra
枕頭

ふくろ
エチケット袋
e.chi.ke.t.to bu.ku.ro
嘔吐袋

ヘッドホン

he.d.do.ho.n
耳機

入国カード

nyu.u.ko.ku ka.a.do
入境卡

税関申告書

ze.e.ka.n shi.n.ko.ku.sho
海關申報單

不會説的
時候比這裡

免税品 （< me.n.ze.e.hi.n > ；免税品）

カタログ

ka.ta.ro.gu
目録

タバコ

ta.ba.ko
香菸

お酒

o sa.ke
酒

香水

ko.o.su.i
香水

化粧品

ke.sho.o.hi.n
化妝品

チョコレート

cho.ko.re.e.to
巧克力

腕時計

u.de do.ke.e
手錶

おもちゃ
o.mo.cha
玩具

機内で
きない

ki.na.i de
在機上

MP3
05

機内でのやりとり
きない

ki.na.i de no ya.ri.to.ri；在機上的對話

※ 和其他乘客的對話：

ここは私の席ですが……。
わたし　せき

ko.ko wa wa.ta.shi no se.ki de.su ga
這是我的位子……。

私と席を替わっていただけませんか。
わたし　せき　か

wa.ta.shi to se.ki o ka.wa.t.te i.ta.da.ke.ma.se.n ka
可不可以請您和我換位子？

席を替わりましょうか。
せき　か

se.ki o ka.wa.ri.ma.sho.o ka
要我跟你換位子嗎？

はい、ありがとうございます。
ha.i a.ri.ga.to.o go.za.i.ma.su
好，謝謝。

いいえ、大丈夫です。
だいじょうぶ

i.i.e da.i.jo.o.bu de.su
不用了，沒關係。

座席を倒してもいいですか。
ざせき　たお

za.se.ki o ta.o.shi.te mo i.i de.su ka
我可以放下椅背嗎？

背もたれを元に戻してもらえますか。
せ　もと　もど

se.mo.ta.re o mo.to ni mo.do.shi.te mo.ra.e.ma.su ka
可以請你把椅背豎回原位嗎？

すみません、通してください。
とお

su.mi.ma.se.n to.o.shi.te ku.da.sa.i
不好意思，借過一下。

※ 和空服員的對話：

荷物をしまうスペースがありません。
ni.mo.tsu o shi.ma.u su.pe.e.su ga a.ri.ma.se.n
沒有放行李的空間了。

荷物を入れてもらえますか。
ni.mo.tsu o i.re.te mo.ra.e.ma.su ka
能幫我把行李放上去嗎？

これを下げてもらえますか。
ko.re o sa.ge.te mo.ra.e.ma.su ka
可以把這個收走嗎？（用畢的餐盤）

テレビモニターの使い方を教えてください。
te.re.bi mo.ni.ta.a no tsu.ka.i.ka.ta o o.shi.e.te ku.da.sa.i
請教我怎麼用電視螢幕。

イヤホンの調子が悪いんですが……。
i.ya.ho.n no cho.o.shi ga wa.ru.i n de.su ga
耳機怪怪的……。

間違ってコールボタンを押してしまいました。
ma.chi.ga.t.te co.o.ru.bo.ta.n o o.shi.te shi.ma.i.ma.shi.ta
我不小心按到呼叫按鈕了。

あそこの空いている席に移ってもいいですか。
a.so.ko no a.i.te i.ru se.ki ni u.tsu.t.te mo i.i.de.su ka
我可以移到那裡的空位嗎？

🎧 MP3 06

たずねる　ta.zu.ne.ru；詢問

┌─────┐
│ ┆ はどこですか。
├─────┤
│ ┆ wa do.ko de.su ka
├─────┤
│ ┆ 在哪裡？
└─────┘

不會說的
時候比這裡

第 1 ターミナル
だい いち

da.i.i.chi ta.a.mi.na.ru
第 1 航廈

第 2 ターミナル
だい に

da.i.ni ta.a.mi.na.ru
第 2 航廈

国内線出発ロビー
こくないせんしゅっぱつ

ko.ku.na.i.se.n
shu.p.pa.tsu ro.bi.i
國內線出境大廳

国内線到着ロビー
こくないせんとうちゃく

ko.ku.na.i.se.n
to.o.cha.ku ro.bi.i
國內線入境大廳

国際線出発ロビー
こくさいせんしゅっぱつ

ko.ku.sa.i.se.n
shu.p.pa.tsu ro.bi.i
國際線出境大廳

国際線到着ロビー
こくさいせんとうちゃく

ko.ku.sa.i.se.n to.o.cha.ku ro.bi.i
國際線入境大廳

〜航空のチェックインカウンター
こうくう

〜 ko.o.ku.u no che.k.ku.i.n
ka.u.n.ta.a
〜航空報到櫃台

国内線チェックインカウンター
こくないせん

ko.ku.na.i.se.n che.k.ku.i.n
ka.u.n.ta.a
國內線報到櫃台

手荷物一時預かり所

て に もつ いち じ あず じょ

te.ni.mo.tsu i.chi.ji a.zu.ka.ri.jo
行李暫時寄放處

コインロッカー

ko.i.n ro.k.ka.a
投幣式寄物櫃

～番ゲート

ばん

～ ba.n ge.e.to
～號登機口

クレームカウンター

ku.re.e.mu ka.u.n.ta.a
提領行李申訴櫃檯

チケット売り場

う ば

chi.ke.t.to u.ri.ba
售票處

免税店

めんぜいてん

me.n.ze.e.te.n
免税店

両替所

りょうがえじょ

ryo.o.ga.e.jo
兌幣處

手荷物引取所

て に もつひきとりじょ

te.ni.mo.tsu hi.ki.to.ri.jo
行李提領處

授乳室

じゅにゅうしつ

ju.nyu.u.shi.tsu
哺乳室

公衆電話

こうしゅうでん わ

ko.o.shu.u de.n.wa
公用電話

展望デッキ

てんぼう

te.n.bo.o de.k.ki
瞭望台

カート

ka.a.to
推車

喫煙所

きつえんじょ

ki.tsu.e.n.jo
吸菸處

☐ の乗り場はどこですか。
の ば

☐ no no.ri.ba wa do.ko de.su ka

☐ 的乘車處在哪裡？

不會說的
時候比這裡

ターミナル間無料連絡バス
かん む りょうれんらく

ta.a.mi.na.ru ka.n mu.ryo.o re.n.ra.ku ba.su
航廈間免費接駁巴士

リムジンバス

ri.mu.ji.n ba.su
機場巴士

タクシー

ta.ku.shi.i
計程車

□□□行きのバスはどこですか。

　　□□□ yu.ki no ba.su wa do.ko de.su ka

往 □□□ 的巴士在哪裡？

不會說的
時候比這裡

しんじゅく
新宿
shi.n.ju.ku
新宿

いけぶくろ
池袋
i.ke.bu.ku.ro
池袋

しながわ
品川
shi.na.ga.wa
品川

しぶ や
渋谷
shi.bu.ya
澀谷

あさくさ
浅草
a.sa.ku.sa
淺草

おおさかえき
大阪駅
o.o.sa.ka e.ki
大阪車站

しんさいばし
心斎橋
shi.n.sa.i.ba.shi
心齋橋

こうべ
神戸
ko.o.be
神戸

きょう と
京都
kyo.o.to
京都

な ら
奈良
na.ra
奈良

機上、機場篇

空港で
くうこう

ku.u.ko.o.de
在機場

MP3
07

入国審査
にゅうこくしん さ

nyu.u.ko.ku shi.n.sa；入國審查

旅行の目的は何ですか。
りょこう　　もくてき　　なん

ryo.ko.o no mo.ku.te.ki wa na.n de.su ka
旅行的目的是什麼？

```
┌────┐
│    │です。
└────┘
┌────┐
│    │de.su
└────┘
┌────┐
│    │ 。
└────┘
```

不會説的
時候比這裡

観光 かんこう	出張 しゅっちょう	ビジネス	留学 りゅうがく
ka.n.ko.o	shu.c.cho.o	bi.ji.ne.su	ryu.u.ga.ku
觀光	出差	商務	留學

日本にはどのくらい滞在しますか。
に ほん　　　　　　　　　　　たいざい

ni.ho.n ni wa do.no ku.ra.i ta.i.za.i.shi.ma.su ka
在日本要待多久呢？

```
┌────┐
│    │です。
└────┘
┌────┐
│    │de.su
└────┘
┌────┐
│    │ 。
└────┘
```

不會説的
時候比這裡

～日間 か かん	～週間 しゅうかん	～か月 げつ	～年間 ねんかん
～ ka.ka.n	～ shu.u.ka.n	～ ka.ge.tsu	～ ne.n.ka.n
～天	～星期	～個月	～年

※ 貼心小叮嚀！趕快翻到 P223，有更多時間的説法！

滞在先はどちらですか。
たいざいさき

ta.i.za.i.sa.ki wa do.chi.ra de.su ka

住在哪裡呢？

☐ です。

☐ de.su

☐ 。

不會説的
時候比這裡

〜ホテル
〜 ho.te.ru

〜飯店

〜旅館
りょかん

〜 ryo.ka.n

〜旅館

友達の家
ともだち　　いえ

to.mo.da.chi no i.e

朋友的家

会社の寮
かいしゃ　　りょう

ka.i.sha no ryo.o

公司的宿舍

空港で くうこう ku.u.ko.o.de | 在機場

MP3 08

通関 つうかん tsu.u.ka.n；通關

申告するものはありますか。 しんこく
shi.n.ko.ku.su.ru mo.no wa a.ri.ma.su ka
有申報的東西嗎？

いいえ、ありません。
i.i.e a.ri.ma.se.n
不，沒有。

はい、あります。お酒は〜本持っています。 さけ ほん も
ha.i a.ri.ma.su o sa.ke wa 〜 ho.n mo.t.te i.ma.su
是，有的。我帶了〜瓶酒。

はい、あります。タバコは〜カートン持っています。 も
ha.i a.ri.ma.su ta.ba.ko wa 〜 ka.a.to.n mo.t.te i.ma.su
是，有的。我帶了〜條香菸。

荷物はこれだけですか。 に もつ
ni.mo.tsu wa ko.re da.ke de.su ka
行李只有這些嗎？

はい、これだけです。
ha.i ko.re da.ke de.su
是的，只有這些。

いいえ、別送品があります。 べっそうひん
i.i.e be.s.so.o.hi.n ga a.ri.ma.su
不，有另外寄送的物品。

トランクの中を拝見させてください。

to.ra.n.ku no na.ka o ha.i.ke.n.sa.se.te ku.da.sa.i

請讓我看行李箱裡面。

はい、どうぞ。

ha.i do.o.zo

好的，請。

MP3
09

<ruby>両替<rt>りょうがえ</rt></ruby>　ryo.o.ga.e；換錢

□□□を<ruby>日本円<rt>に ほんえん</rt></ruby>に<ruby>両替<rt>りょうがえ</rt></ruby>したいんですが……。

□□□ o ni.ho.n e.n ni ryo.o.ga.e.shi.ta.i n de.su ga

我想把□□□兌換成日幣……。

不會說的
時候比這裡

<ruby>台湾元<rt>たいわんげん</rt></ruby>	<ruby>米<rt>べい</rt></ruby>ドル	<ruby>人民元<rt>じんみんげん</rt></ruby>	ユーロ
ta.i.wa.n ge.n	be.e do.ru	ji.n.mi.n ge.n	yu.u.ro
台幣	美金	人民幣	歐元

<ruby>今日<rt>きょう</rt></ruby>の<ruby>為替<rt>かわせ</rt></ruby>レートはいくらですか。

kyo.o no ka.wa.se re.e.to wa i.ku.ra de.su ka

今天的匯率是多少？

このトラベラーズチェックを<ruby>現金<rt>げんきん</rt></ruby>に<ruby>替<rt>か</rt></ruby>えてください。

ko.no to.ra.be.ra.a.zu che.k.ku o ge.n.ki.n ni ka.e.te ku.da.sa.i

請把這個旅行支票兌現。

これを 1 <ruby>万円札<rt>まんえんさつ</rt></ruby>～<ruby>枚<rt>まい</rt></ruby>と<ruby>千円札<rt>せんえんさつ</rt></ruby>
～<ruby>枚<rt>まい</rt></ruby>に<ruby>替<rt>か</rt></ruby>えてください。

ko.re o i.chi.ma.n e.n sa.tsu ～ ma.i to se.n e.n sa.tsu
～ ma.i ni ka.e.te ku.da.sa.i

請把這個換成萬圓紙鈔～張和千圓紙鈔
～張。

これを □ 玉に替えてください。
<ruby>玉<rt>だま</rt></ruby>に<ruby>替<rt>か</rt></ruby>えてください。

ko.re o □ da.ma ni ka.e.te ku.da.sa.i

請把這個換成 □ 硬幣。

不會說的
時候比這裡

<ruby>五百円<rt>ご ひゃくえん</rt></ruby>
go.hya.ku e.n
五百圓

<ruby>百円<rt>ひゃくえん</rt></ruby>
hya.ku e.n
一百圓

<ruby>五十円<rt>ご じゅうえん</rt></ruby>
go.ju.u e.n
五十圓

<ruby>十円<rt>じゅうえん</rt></ruby>
ju.u e.n
十日圓

<ruby>五円<rt>ご えん</rt></ruby>
go e.n
五日圓

<ruby>一円<rt>いちえん</rt></ruby>
i.chi e.n
一日圓

🎧 MP3 10

リムジンバスに<ruby>乗<rt>の</rt></ruby>る   ri.mu.ji.n ba.su ni no.ru；搭乘機場巴士

<ruby>新宿<rt>しんじゅく</rt></ruby><ruby>行<rt>ゆ</rt></ruby>きの [　　] チケットを 1 <ruby>枚<rt>まい</rt></ruby><ruby>いち<rt></rt></ruby>ください。

shi.n.ju.ku yu.ki no [　　] chi.ke.t.to o i.chi.ma.i ku.da.sa.i

請給我一張前往新宿的 [　　] 票。

不會說的
時候比這裡

<ruby>往復<rt>おうふく</rt></ruby>
o.o.fu.ku
來回

<ruby>片道<rt>かたみち</rt></ruby>
ka.ta.mi.chi
單程

〜ホテルに<ruby>行<rt>い</rt></ruby>くバスはありますか。
〜 ho.te.ru ni i.ku ba.su wa a.ri.ma.su ka
有到〜飯店的巴士嗎？

このバスは〜ホテルに<ruby>行<rt>い</rt></ruby>きますか。
ko.no ba.su wa 〜 ho.te.ru ni i.ki.ma.su ka
這巴士有到〜飯店嗎？

〜<ruby>行<rt>ゆ</rt></ruby>きのバス<ruby>乗<rt>の</rt></ruby>り<ruby>場<rt>ば</rt></ruby>は<ruby>何番<rt>なんばん</rt></ruby>ですか。
〜 yu.ki no ba.su no.ri.ba wa na.n.ba.n de.su ka
前往〜的巴士乘車場在幾號？

〜ホテルで<ruby>降<rt>お</rt></ruby>りたいんですが……。
〜 ho.te.ru de o.ri.ta.i n de.su ga
我想在〜飯店下車……。

〜ホテルはまだですか。
〜 ho.te.ru wa ma.da de.su ka
〜飯店還沒到嗎？

交通篇

でんしゃ ちかてつ の
電車・地下鉄に乗る | de.n.sha chi.ka.te.tsu ni no.ru
搭乘電車・地下鐵

MP3
11

きっ ぷ か しりょう
切符を買う・資料をもらう
ki.p.pu o ka.u shi.ryo.o o mo.ra.u
購票・索取資料

いち まい
～まで、□□□ の切符を
1枚ください。

～ ma.de □□□ no ki.p.pu o i.chi.ma.i ku.da.sa.i

請給我 1 張到～，□□□ 的車票。

不會説的
時候比這裡

にち
～日
～ ni.chi
～號

じ ふんはつ
～時～分発
～ ji ～ fu.n ha.tsu
～點～分開

かたみち
片道
ka.ta.mi.chi
單程

おうふく
往復
o.o.fu.ku
來回

じ ゆうせき
自由席
ji.yu.u se.ki
自由座

し ていせき
指定席
shi.te.e se.ki
對號座

おとな
大人
o.to.na
大人

こ ども
子供
ko.do.mo
小孩

※ 貼心小叮嚀！趕快翻到 P223，有更多「時間」的説法喔！

□□□ をください。

□□□ o ku.da.sa.i

請給我 □□□ 。

不會說的
時候比這裡

路線図
ろ せん ず

ro.se.n.zu

路線圖

時刻表
じ こくひょう

ji.ko.ku.hyo.o

時刻表

一日乗車券
いちにちじょうしゃけん

i.chi.ni.chi jo.o.sha.ke.n

一日乗車券

グリーン券
けん

gu.ri.i.n.ke.n

綠色乘車券

特急券
とっきゅうけん

to.k.kyu.u.ke.n

特急券

入場券
にゅうじょうけん

nyu.u.jo.o.ke.n

入場券

※ 貼心小叮嚀！趕快翻到 P46，告訴你什麼是「綠色乘車券」！

☆★旅遊小補帖

グリーン車

（＜gu.ri.i.n.sha＞；綠色車廂）

　　綠色車廂是日本 JR 列車中比普通車廂更舒適寬敞的一等車廂。欲搭乘綠色車廂必須購買綠色乘車券，可在剪票口外的綠色窗口或自動售票機，以及入站後月台綠色車廂候車處附近的專用售票機購買。上車後只要把綠色乘車券交給剪票員即可。要注意的是月台候車處附近的售票機必須使用「Suica」、「PASMO」等交通卡購買，購票後也不會有車票出來（Suica 卡內已留下紀錄），上車後只要把 Suica 卡在座位上方的感應器刷一下即可（燈號由紅變綠，綠色表示已付費，剪票員看燈號便知付費與否）。

　　一般普通列車的綠色車廂為自由座，並不一定有座位，不過也不能因為沒座位就不買綠色乘車券。此外，因為上車補票的金額會比先行購買貴很多，請注意別誤搭綠色車廂。至於如何分辨綠色車廂，可參考月台地板或車廂上的四葉幸運草的標示。

　　此外，日本有些特急電車不須要另購特急券（如東急線、京急線），而新幹線等就需要特急券。如何分辨需不需要，看售票機有無特急券的標示即可。

便捷實用的日本交通卡

　　日本的交通卡（類似台灣悠遊卡），除了支付車資，還可在超商、書店、餐飲店、百貨公司等加盟店或自動販賣機購買商品，可說是一卡在手無往不利。要購買交通卡，可在自動售票機或車站窗口購買，以日本首都圈發行的「Suica」、「PASMO」為例，最便宜的是 1 千日圓，其中含 500 日圓保證金，不用時保證金可退還。在退回保證金之前，建議先把卡內儲值的金額用罄，否則要另付 210 日圓的手續費。例如在便利商店購物時，可要求用卡，不足金額再用現金補足。這時候跟店員說「カードの残金を全部使ってください。（< ka.a.do no za.n.ki.n o ze.n.bu tsu.ka.t.te ku.da.sa.i >；卡片剩下的錢請全部用掉。）」

　　交通卡的加值金額以千圓為單位，最高可加值到 2 萬日圓。此外，自 2013 年 3 月 23 日起，「Suica」、「PASMO」、「ICOCA」等已在日本全國各地發行的 10 種交通 IC 卡開始通用，只要擁有其中的一張，幾乎就可以日本各地走透透喔。

でんしゃ　ちかてつ　の
電車・地下鉄に乗る | de.n.sha chi.ka.te.tsu ni no.ru
搭乗電車・地下鐵

MP3
12

たずねる ta.zu.ne.ru；詢問

> ［　　　　　］はどこですか。
> 　　　　　　wa do.ko de.su ka
> 　　　　　　在哪裡？

不會説的
時候比這裡

みどり　まどぐち
緑の窓口
mi.do.ri no ma.do.gu.chi
（緑色窗口）
JR 票務櫃檯

かいさつぐち
改札口
ka.i.sa.tsu.gu.chi
剪票口

せいさん　き
のりこし精算機
no.ri.ko.shi se.e.sa.n.ki
補票機

アイシー　　　　　　　　　　　　　　　　き
IC カードチャージ機
a.i.shi.i ka.a.do cha.a.ji.ki
（ Suica、PASMO 等 ）
IC 卡加值機

ばん
〜番ホーム
〜 ba.n ho.o.mu
〜號月台

しんかんせん　の　　ば
新幹線乗り場
shi.n.ka.n.se.n no.ri.ba
新幹線乘車處

> **〜までいくらですか。**
> 〜 ma.de i.ku.ra de.su ka
> 到〜多少錢？

※ 貼心小叮嚀！趕快翻到 P35，有更多「地點」的説法喔！

> か
> **ここに書いてもらえますか。**
> ko.ko ni ka.i.te mo.ra.e.ma.su ka
> 可以幫我寫在這裡嗎？

切符の買い方が分からないんですが……。
ki.p.pu no ka.i.ka.ta ga wa.ka.ra.na.i n de.su ga
我不曉得怎麼買車票……（請教我）。

チャージの仕方が分からないんですが……。
cha.a.ji no shi.ka.ta ga wa.ka.ra.na.i n de.su ga
我不知道加值的方法……（請教我）。

　　　　　　をしたいんですが……。
　　　　　　o shi.ta.i n de.su ga
我想　　　　　……。

不會説的
時候比這裡

〜行きの予約
〜 yu.ki no yo.ya.ku
預約前往〜

予約の変更
yo.ya.ku no he.n.ko.o
變更預約

予約のキャンセル
yo.ya.ku no kya.n.se.ru
取消預約

払い戻し
ha.ra.i.mo.do.shi
退票

空席はありますか。
ku.u.se.ki wa a.ri.ma.su ka
有空位嗎？

～に行きたいんですが、

□□□□□□ で行けますか。

～ ni i.ki.ta.i n de.su ga　□□□□□□　de i.ke.ma.su ka

我想去～，□□□□□□ 可以到嗎？

不會說的
時候比這裡

丸ノ内線
ma.ru.no.u.chi se.n
丸之內線

千代田線
chi.yo.da se.n
千代田線

半蔵門線
ha.n.zo.o.mo.n se.n
半藏門線

銀座線
gi.n.za se.n
銀座線

日比谷線
hi.bi.ya se.n
日比谷線

有楽町線
yu.u.ra.ku.cho.o se.n
有樂町線

都営浅草線
to.e.e a.sa.ku.sa se.n
都營淺草線

都営大江戸線
to.e.e o.o.e.do se.n
都營大江戶線

どこで乗り換えたらいいですか。
do.ko de no.ri.ka.e.ta.ra i.i de.su ka
在哪裡換車好呢？

┌─────────┐
│   │
└─────────┘ は何番ホームですか。
　　　　　　 （なんばん）

┌─────────┐
│   │ wa na.n.ba.n ho.o.mu de.su ka
└─────────┘

┌─────────┐
│   │ 是幾號月台呢？
└─────────┘

不會説的
時候比這裡

やまのてせん **山手線** ya.ma.no.te se.n 山手線	とうかいどうほんせん **東海道本線** to.o.ka.i.do.o ho.n.se.n 東海道本線	ちゅうおうせん **中央線** chu.u.o.o se.n 中央線
よこすかせん **横須賀線** yo.ko.su.ka se.n 橫須賀線	さいきょうせん **埼京線** sa.i.kyo.o se.n 埼京線	けいようせん **京葉線** ke.e.yo.o se.n 京葉線
そうぶせん **総武線** so.o.bu se.n 總武線	けいひんとうほくせん **京浜東北線** ke.e.hi.n.to.o.ho.ku se.n 京濱東北線	

┌─────────┐
〜に │   │ は停まりますか。
　　 └─────────┘ （と）

┌─────────┐
〜 ni │   │ wa to.ma.ri.ma.su ka
　　　 └─────────┘

┌─────────┐
在〜 │   │ 有停嗎？
　　 └─────────┘

不會説的
時候比這裡

きゅうこう **急行** kyu.u.ko.o 急行	かいそく **快速** ka.i.so.ku 快速	とっきゅう **特急** to.k.kyu.u 特急

はい、停まります。
ha.i to.ma.ri.ma.su
是的，有停。

いいえ、停まりません。
i.i.e to.ma.ri.ma.se.n
不，沒停。

でんしゃ　　　と
この電車は〜に停まりますか。
ko.no de.n.sha wa 〜 ni to.ma.ri.ma.su ka
這電車在〜有停嗎？

ゆ　　　でんしゃ　　　の
〜行きの電車はここで乗れますか。
〜 yu.ki no de.n.sha wa ko.ko de no.re.ma.su ka
往〜的電車可以在這裡搭嗎？

へん
すみません、[　　　　]はどの辺にありますか。
su.mi.ma.se.n [　　　　] wa do.no he.n ni a.ri.ma.su ka
不好意思，請問[　　　　]在哪邊呢？

不會說的
時候比這裡

ちゅうおうぐち
中央口
chu.u.o.o.gu.chi
中央口

ひがしぐち
東口
hi.ga.shi.gu.chi
東口

にしぐち
西口
ni.shi.gu.chi
西口

みなみぐち
南口
mi.na.mi.gu.chi
南口

きたぐち
北口
ki.ta.gu.chi
北口

そちらです。
so.chi.ra de.su
在那邊。

～に行きたいんですが、
どこで乗り換えればいいですか。
～ ni i.ki.ta.i n de.su ga do.ko de no.ri.ka.e.re.ba i.i de.su ka
我想去～，在哪裡換車好呢？

交通篇

～駅で、～線に乗り換えればいいです。
～ e.ki de ～ se.n ni no.ri.ka.e.re.ba i.i de.su
在～車站換～線就可以了。

　　　はいつですか。
wa i.tsu de.su ka
是什麼時候？

不會說的
時候比這裡

終電
shu.u.de.n
末班電車

始発
shi.ha.tsu
頭班電車

次の電車
tsu.gi no de.n.sha
下一班電車

切符をなくしてしまったんですが……。
ki.p.pu o na.ku.shi.te shi.ma.t.ta n de.su ga
我車票弄丟了……。

じょうしゃ
どこから乗車されましたか。
do.ko ka.ra jo.o.sha.sa.re.ma.shi.ta ka
請問從哪上車的？

えん
そうなりますと、～円いただきます。
so.o na.ri.ma.su.to ～ e.n i.ta.da.ki.ma.su
這樣的話，要收您～日圓。

の おく
乗り遅れてしまったんですが……。
no.ri.o.ku.re.te shi.ma.t.ta n de.su ga
我來不及搭上車……。

つぎ でんしゃ りょう
次の電車をご利用なさいますか。
tsu.gi no de.n.sha o go ri.yo.o na.sa.i.ma.su ka
您要搭乘下班電車嗎？

はら もど
払い戻しはできますか。
ha.ra.i.mo.do.shi wa de.ki.ma.su ka
可以退票嗎？

☆★旅遊小補帖

車站內常見的標示

じょうしゃ
かけこみ乗車はあぶないので、
おやめください。
ka.ke.ko.mi jo.o.sha wa a.bu.na.i no.de o ya.me ku.da.sa.i
請勿硬衝上車，很危險。

下り専用
<ruby>下<rt>くだ</rt></ruby>り<ruby>専用<rt>せんよう</rt></ruby>

ku.da.ri se.n.yo.o

下樓專用手扶梯

<ruby>優先席<rt>ゆうせんせき</rt></ruby><ruby>付近<rt>ふきん</rt></ruby>では、
<ruby>携帯電話<rt>けいたいでんわ</rt></ruby>の<ruby>電源<rt>でんげん</rt></ruby>をお<ruby>切<rt>き</rt></ruby>りください。

yu.u.se.n.se.ki fu.ki.n de wa ke.e.ta.i.de.n.wa no de.n.ge.n o o ki.ri ku.da.sa.i

博愛座附近請將行動電話的電源關掉。

※ 日本電車內雖可使用手機，但不可在電車內講電話。

あきかん

a.ki.ka.n

空罐

ペットボトル

pe.t.to bo.to.ru

寶特瓶

<ruby>開<rt>ひら</rt></ruby>くドアにご<ruby>注意<rt>ちゅうい</rt></ruby>ください。

hi.ra.ku do.a ni go chu.u.i ku.da.sa.i

請注意要打開的車門。

<ruby>電車<rt>でんしゃ</rt></ruby>がまいります。

de.n.sha ga ma.i.ri.ma.su

電車來了。

バスに乗る | ba.su ni no.ru
搭乗巴士

MP3 13

たずねる ta.zu.ne.ru；詢問

〜行きの ▢▢▢▢ はどこですか。

〜 yu.ki no ▢▢▢▢ wa do.ko de.su ka

往〜的 ▢▢▢▢ 在哪呢？

不會說的
時候比這裡

バス乗り場
ba.su no.ri.ba
公車乗車處

バス停
ba.su te.e
公車站

このバスは〜に行きますか。
ko.no ba.su wa 〜 ni i.ki.ma.su ka
這巴士有到〜嗎？

このバスは何分おきに出ていますか。
ko.no ba.su wa na.n.pu.n o.ki ni de.te i.ma.su ka
這巴士隔幾分鐘一班？

このバスはいつ発車しますか。
ko.no ba.su wa i.tsu ha.s.sha.shi.ma.su ka
這巴士什麼時候開呢？

切符はどこで買えますか。
ki.p.pu wa do.ko de ka.e.ma.su ka
可以在哪裡買車票呢？

切符は車内でも買えますか。
ki.p.pu wa sha.na.i de.mo ka.e.ma.su ka
車上也可以買票嗎？

往復券はありますか。
o.o.fu.ku.ke.n wa a.ri.ma.su ka
有來回票嗎？

次のバスまであと何分ですか。
tsu.gi no ba.su ma.de a.to na.n.pu.n de.su ka
離下一班巴士還有幾分鐘呢？

PASMO ／ Suica は使えますか。
pa.su.mo ／ su.i.ka wa tsu.ka.e.ma.su ka
能用 PASMO ／ Suica 嗎？

細かいのはないんですが……。
ko.ma.ka.i no wa na.i n de.su ga
我沒有零錢……。

お釣りは出ますか。
o tsu.ri wa de.ma.su ka
有找零嗎？

☆★旅遊小補帖

多元方便的付費方式

在 PASMO、Suica 通行的區域，大部分的路線公車都可使用 PASMO、Suica 卡，一般來說公車車門或投票機附近都有標示，很容易分辨。

此外，日本大部份公車的收票機都可以找零，但要注意的是，很多巴士不收 5 千或 1 萬日圓紙鈔，還有需要找零的紙鈔或硬幣有另外的投鈔口和投幣口，可別直接投進票箱內，那可是會一去不回的喔。

バスに乗る | ba.su ni no.ru
搭乗巴士

1000 円のチャージをお願いします。
se.n e.n no cha.a.ji o o ne.ga.i shi.ma.su
麻煩您加值 1 千日圓。

※ 只要是可以使用交通卡的公車，在車上也可以加值，加值以 1 千日圓為
單位，若有需要，可在司機靠站停車時要求代為加值。

┌─────┐
│   │ はどこに入れればいいですか。
│   │ wa do.ko ni i.re.re.ba i.i de.su ka
│   │ 要放進哪裡呢？
└─────┘

不會說的
時候比這裡

乗車券
jo.o.sha.ke.n
乗車券

千円札
se.n e.n sa.tsu
1 千日圓紙鈔

五千円札
go.se.n e.n sa.tsu
5 千日圓紙鈔

五百円玉
go.hya.ku e.n da.ma
500 日圓銅板

※ 貼心小叮嚀！趕快翻到 P223，有更多「金額」的說法喔！

〜に着いたら教えてもらえますか。
〜 ni tsu.i.ta.ra o.shi.e.te mo.ra.e.ma.su ka
到了〜，能告訴我嗎？

〜はあと何個目ですか。
〜 wa a.to na.n.ko.me de.su ka
到〜還有幾站？

降ります。
o.ri.ma.su
（我要）下車。

すみません、間違えました。
su.mi.ma.se.n ma.chi.ga.e.ma.shi.ta
對不起，我按錯鈴了。

観光バス・巡回バスに乗る

かんこう　じゅんかい　の

ka.n.ko.o ba.su ju.n.ka.i ba.su ni no.ru

搭乘觀光巴士・巡迴巴士

MP3
14

たずねる　ta.zu.ne.ru；詢問

どんなコースがありますか。

do.n.na ko.o.su ga a.ri.ma.su ka

有怎樣的行程呢？

予約は必要ですか。

よやく　ひつよう

yo.ya.ku wa hi.tsu.yo.o de.su ka

需要預約嗎？

午後～時のバスは空いていますか。

ご ご　じ　あ

go.go ～ ji no ba.su wa a.i.te i.ma.su ka

下午～點的巴士有空位嗎？

このバスの運賃はいくらですか。

うんちん

ko.no ba.su no u.n.chi.n wa i.ku.ra de.su ka

這巴士的車資多少錢？

～円です。

えん

～ e.n de.su

～日圓。

無料です。

むりょう

mu.ryo.o de.su

免費。

★★旅遊小補帖

搭觀光巴士、巡迴巴士暢遊

　　日本有很多像「Hato Bus」或「Sky Bus」這樣方便實惠的觀光巴士，至於離車站較遠的暢貨中心或觀光娛樂設施，也多提供有收費或免費的專車接送服務，除了不怕迷路，也可免去轉換交通工具的麻煩。此外，為促進觀光事業的繁榮，在觀光勝地也有像東京台場或橫濱的「BAY SHUTTLE」、「あかいくつ周遊バス」（< a.ka.i ku.tsu shu.u.yu.u ba.su >；紅鞋周遊巴士）等免費或酌收費用的巡迴巴士服務，怕鐵腿的朋友可善加利用。

タクシーに乗る
ta.ku.shi.i ni no.ru
搭計程車

MP3 15

たずねる ta.zu.ne.ru；詢問

タクシー乗り場はどこですか。
ta.ku.shi.i no.ri.ba wa do.ko de su ka
計程車乘車處在哪裡？

ここまでのタクシー代はいくらですか。
ko.ko ma.de no ta.ku.shi.i.da.i wa i.ku.ra de.su ka
到這裡（手指著地圖或住址）的計程車費要多少？

ここまでの時間はどのくらいかかりますか。
ko.ko ma.de no ji.ka.n wa do.no ku.ra.i ka.ka.ri.ma.su ka
到這裡（手指著地圖或住址）大概要花多少時間？

トランクを開けてください。
to.ra.n.ku o a.ke.te ku.da.sa.i
請打開後車廂。

〜までお願いします。
〜 ma.de o ne.ga.i shi.ma.su
麻煩你到〜。

この住所まで送ってください。
ko.no ju.u.sho ma.de o.ku.t.te ku.da.sa.i
請送我到這個地址。

ここでいいです。
ko.ko de i.i. de.su
這裡就可以了。

交通篇

61

PART2

レンタカーを借（か）りる | re.n.ta.ka.a o ka.ri.ru
租車

たずねる ta.zu.ne.ru；詢問

車（くるま）を借（か）りたいんですが……。
ku.ru.ma o ka.ri.ta.i n de.su ga
我想租車……。

ご予約（よやく）はされていますか。
go yo.ya.ku wa sa.re.te i.ma.su ka
您有預約嗎？

はい、予約（よやく）してあります。
ha.i yo.ya.ku.shi.te a.ri.ma.su
是的，我有預約。

いいえ、予約（よやく）してません。
i.i.e yo.ya.ku.shi.te.ma.se.n
不，我沒有預約。

ご希望（きぼう）の車（くるま）はありますか。
go ki.bo.o no ku.ru.ma wa a.ri.ma.su ka
有期望的車子嗎？

どんな車（くるま）があるのか、見（み）せてもらえますか。
do.n.na ku.ru.ma ga a.ru no ka mi.se.te mo.ra.e.ma.su ka
可以看看有什麼車嗎？

この車（くるま）の料金（りょうきん）はいくらですか。
ko.no ku.ru.ma no ryo.o.ki.n wa i.ku.ra de.su ka
這車子的費用是多少呢？

1日（いちにち）〜円（えん）です。
i.chi.ni.chi 〜 e.n de.su
1天〜日圓。

62

これで<ruby>願<rt>ねが</rt></ruby>いします。
ko.re de o ne.ga.i shi.ma.su
麻煩你我要這台。

ご<ruby>利用期間<rt>りようきかん</rt></ruby>は。
go ri.yo.o ki.ka.n wa
請問您要用多久？

[　　　]です。
[　　　] de.su

不會說的
時候比這裡

<ruby>6 時間<rt>ろく じ かん</rt></ruby>
ro.ku.ji.ka.n
6 小時

<ruby>1 日<rt>いち にち</rt></ruby>
i.chi.ni.chi
1 天

<ruby>2 日間<rt>ふつ か かん</rt></ruby>
fu.tsu.ka.ka.n
2 天

<ruby>3 日間<rt>みっ か かん</rt></ruby>
mi.k.ka.ka.n
3 天

※ 貼心小叮嚀！趕快翻到 P223，有更多「日期」的説法喔！

<ruby>保険<rt>ほ けん</rt></ruby>はご<ruby>加入<rt>か にゅう</rt></ruby>されますか。
ho.ke.n wa go ka.nyu.u sa.re.ma.su ka
您要加入保險嗎？

はい、お<ruby>願<rt>ねが</rt></ruby>いします。
ha.i o ne.ga.i shi.ma.su
好的，麻煩你。

いいえ、<ruby>結構<rt>けっこう</rt></ruby>です。
i.i.e ke.k.ko.o de.su
不，不用了。

レンタカーを借りる | re.n.ta.ka.a o.ka.ri.ru
租車

こちらにお名前とご住所をご記入ください。
ko.chi.ra ni o na.ma.e to go ju.u.sho o go ki.nyu.u ku.da.sa.i
請在這裡填寫大名和住址。

パスポートと免許証を拝見させてください。
pa.su.po.o.to to me.n.kyo.sho.o o ha.i.ke.n.sa.se.te ku.da.sa.i
請讓我看一下您的護照和駕照。

返却の時にはガソリンを満タンに
してください。
he.n.kya.ku no to.ki ni wa ga.so.ri.n o ma.n.ta.n ni
shi.te ku.da.sa.i
還車時請將汽油加滿。

住宿篇

フロントで | fu.ro.n.to de
在櫃台

チェックイン　che.k.ku.i.n；入住

こんにちは、予約していた ［　　　　］ です。
チェックインをお願いします。

ko.n.ni.chi.wa yo.ya.ku.shi.te i.ta ［　　　　］ de.su
che.k.ku.i.n o o ne.ga.i shi.ma.su

你好，我是有預約的 ［　　　　］。我要辦理入住手續。

不會說的
時候比這裡

陳	林	黃
ちん	りん	こう
chi.n	ri.n	ko.o
陳	林	黃

こちらの宿泊カードにご記入をお願いいたします。
ko.chi.ra no shu.ku.ha.ku ka.a.do ni go ki.nyu.u o o ne.ga.i i.ta.shi.ma.su
麻煩您填寫一下這裡的住宿卡。

本人確認のため、
パスポートを見せていただけますか。
ho.n.ni.n ka.ku.ni.n no ta.me
pa.su.po.o.to o mi.se.te i.ta.da.ke.ma.su ka
為了確認是否為您本人，可以讓我看一下護照嗎？

早めにチェックインできますか。

ha.ya.me ni che.k.ku.i.n de.ki.ma.su ka
可以提早辦理入住手續嗎？

まだお部屋の準備ができていないので、
もう少しお待ちください。

ma.da o he.ya no ju.n.bi ga de.ki.te i.na.i no.de
mo.o su.ko.shi o ma.chi ku.da.sa.i
因為房間還沒準備好，請再稍等一會兒。

チェックインまで荷物を預かって
もらえますか。

che.k.ku.i.n ma.de ni.mo.tsu o a.zu.ka.t.te
mo.ra.e.ma.su ka
可以幫我保管行李到
Check in 為止嗎？

予約なしで宿泊
できますか。

yo.ya.ku na.shi de shu.ku.ha.ku
de.ki.ma.su ka
沒預約可以住宿嗎？

フロントで fu.ro.n.to de
在櫃台

お願^{ねが}いする o ne.ga.i su.ru；請託

☐☐☐☐☐をお願^{ねが}いします。

☐☐☐☐ o o ne.ga.i shi.ma.su

我要☐☐☐☐☐。

不會説的
時候比這裡

シングル

shi.n.gu.ru
單人房

ダブル

da.bu.ru
一張雙人床的房間

ツイン

tsu.i.n
兩張床的房間

トリプル

to.ri.pu.ru
三人房

禁煙^{きんえん}ルーム

ki.n.e.n ru.u.mu
禁菸客房

バリアフリールーム

ba.ri.a fu.ri.i ru.u.mu
無障礙客房

エキストラベット

e.ki.su.to.ra be.t.to
加床

ルームサービス

ru.u.mu sa.a.bi.su
客房服務

～号室のカギ

～ go.o.shi.tsu no ka.gi
～號房的鑰匙

露天風呂付きの部屋

ro.te.n.bu.ro tsu.ki no he.ya
附露天浴池的房間

モーニングコール

mo.o.ni.n.gu ko.o.ru
Morning Call

クリーニング

ku.ri.i.ni.n.gu
（衣物）送洗

海の見える部屋

u.mi no mi.e.ru he.ya
看得到海的房間

貴重品を預かってもらえますか。
ki.cho.o.hi.n o a.zu.ka.t.te mo.ra.e.ma.su ka
可以幫我保管貴重物品嗎？

預かってもらった貴重品をお願いします。
a.zu.ka.t.te mo.ra.t.ta ki.cho.o.hi.n o o ne.ga.i shi.ma.su
我要拿寄放的貴重物品。

フロントで | fu.ro.n.to de
在櫃台

□□□□□の使い方を教えて
いただけますか。

□□□□□ no tsu.ka.i.ka.ta o o.shi.e.te
i.ta.da.ke.ma.su ka

可以請教我 □□□□□ 的用法嗎？

不會説的
時候比這裡

電話
でん わ
de.n.wa
電話

エアコン
e.a.ko.n
空調

シャワー
sha.wa.a
淋浴

リモコン
ri.mo.ko.n
遙控器；選台器

セーフティボックス
se.e.fu.ti bo.k.ku.su
保險櫃

マッサージチェア
ma.s.sa.a.ji che.a
按摩椅

□□□□□の予約をお願いしたいんですが……。
よやく　　　ねが

□□□□□ no yo.ya.ku o o ne.ga.i shi.ta.i n de.su ga

我想要預約 □□□□□ ……。

不會説的
時候比這裡

レストラン
re.su.to.ra.n
餐廳

リムジンバス
ri.mu.ji.n ba.su
機場巴士

マッサージ
ma.s.sa.a.ji
按摩

ご希望の時間はありますか。

go ki.bo.o no ji.ka.n wa a.ri.ma.su ka
您有希望的時間嗎？

～時でも大丈夫ですか。

～ ji de.mo da.i.jo.o.bu de.su ka
～點可以嗎？

はい、大丈夫ですよ。

ha.i da.i.jo.o.bu de.su yo
好的，沒問題。

あいにくですが、この時間は予約がいっぱいです。

a.i.ni.ku de.su ga ko.no ji.ka.n wa yo.ya.ku ga i.p.pa.i de.su
很不巧，這個時間預約排滿了。

いつなら空いていますか。

i.tsu na.ra a.i.te i.ma.su ka
什麼時候有空位呢？

～時ならご用意できますが、いかがですか。

～ ji na.ra go yo.o.i de.ki.ma.su ga i.ka.ga de.su ka
～點的話可以為您準備，可以嗎？

それでお願いします。

so.re.de o ne.ga.i shi.ma.su
那就麻煩你了。

フロントで | fu.ro.n.to de
在櫃台

[____] を貸^かしてください。

[____] o ka.shi.te ku.da.sa.i

請借我 [____] 。

不會説的
時候比這裡

ドライヤー
do.ra.i.ya.a
吹風機

アイロン
a.i.ro.n
熨斗

かさ
ka.sa
傘

将棋 _{しょう ぎ}
sho.o.gi
象棋

テニスラケット
te.ni.su ra.ke.t.to
網球拍

卓球ラケット _{たっきゅう}
ta.k.kyu.u ra.ke.t.to
桌球拍

浮き輪 _{う き わ}
u.ki.wa
游泳圈

針と糸 _{はり いと}
ha.ri to i.to
針和線

たずねる　ta.zu.ne.ru；詢問

遅めにチェックアウトできますか。
o.so.me ni che.k.ku.a.u.to de.ki.ma.su ka
可以晚點退房嗎？

追加料金は必要ですか。
tsu.i.ka ryo.o.ki.n wa hi.tsu.yo.o de.su ka
需要追加費用嗎？

□□□□□ はどこですか。
□□□□□ wa do.ko de.su ka
□□□□□ 在哪裡？

不會說的
時候比這裡

バー
ba.a
酒吧

自動販売機
ji.do.o ha.n.ba.i.ki
自動販賣機

食堂
sho.ku.do.o
食堂

お風呂
o fu.ro
澡堂

住宿篇

73

フロントで | fu.ro.n.to de
在櫃台

〔□□□〕は何時から何時までですか。
なんじ　　　なんじ

〔□□□〕 wa na.n.ji ka.ra na.n.ji ma.de de.su ka

〔□□□〕是幾點到幾點呢？

不會說的
時候比這裡

朝食
ちょうしょく
cho.o.sho.ku
早餐

夕食
ゆうしょく
yu.u.sho.ku
晚餐

お風呂
ふ　ろ
o fu.ro
澡堂

私宛てに伝言はありませんか。
わたし　あ　　　　　でんごん
wa.ta.shi a.te ni de.n.go.n wa a.ri.ma.se.n ka
有我的留言嗎？

チェックアウト

che.k.ku.a.u.to；退房

お支払いはどうなさいますか。

o shi.ha.ra.i wa do.o na.sa.i.ma.su ka
請問您要怎麼付費呢？

現金 / カードで。

ge.n.ki.n / ka.a.do de
用現金 / 刷卡。

これは何の料金ですか。

ko.re wa na.n no ryo.o.ki.n de.su ka
這是什麼費用呢？

これは _____ の料金ですか。

ko.re wa _____ no ryo.o.ki.n de.su ka

這是 _____ 的費用嗎？

不會說的時候比這裡

国際電話

ko.ku.sa.i de.n.wa
國際電話

ルームサービス

ru.u.mu sa.a.bi.su
客房服務

ミニバー

mi.ni ba.a
客房的小酒吧

住宿篇

フロントで | fu.ro.n.to de
在櫃台

部屋に忘れ物をしたんですが……。
he.ya ni wa.su.re.mo.no o shi.ta n de.su ga
我有東西忘在房間裡……。

午後まで荷物を預かってもらえますか。
go.go ma.de ni.mo.tsu o a.zu.ka.t.te mo.ra.e.ma.su ka
可以替我保管行李到下午嗎？

預かってもらった荷物をお願いします。
a.zu.ka.t.te mo.ra.t.ta ni.mo.tsu o o ne.ga.i shi.ma.su
麻煩你，我要拿寄存的行李。

ホテルでのトラブル | ho.te.ru de no to.ra.bu.ru
在飯店裡的困擾

MP3
21

困っていることを伝える
ko.ma.t.te i.ru ko.to o tsu.ta.e.ru；表達困擾

～号室の～です。
～ go.o.shi.tsu no ～ de.su
我是～號室的～。

```
┌─────────┐
│         │ が壊れています。
└─────────┘
┌─────────┐
│         │ ga ko.wa.re.te i.ma.su
└─────────┘
┌─────────┐
│         │ 壞了。
└─────────┘
```

不會説的
時候比這裡

ドアの鍵	電気	エアコン
do.a no ka.gi	de.n.ki	e.a.ko.n
房門鑰匙	電燈	空調

冷蔵庫	蛇口	テレビ
re.e.zo.o.ko	ja.gu.chi	te.re.bi
冰箱	水龍頭	電視

リモコン	ドライヤー	電気ケトル
ri.mo.ko.n	do.ra.i.ya.a	de.n.ki ke.to.ru
遙控器；選台器	吹風機	快煮壺

住宿篇

トイレの<ruby>水<rt>みず</rt></ruby>が<ruby>流<rt>なが</rt></ruby>れません。
to.i.re no mi.zu ga na.ga.re.ma.se.n
馬桶無法沖水。

エアコンが<ruby>効<rt>き</rt></ruby>きません。
e.a.ko.n ga ki.ki.ma.se.n
空調不冷（不熱）。

お<ruby>湯<rt>ゆ</rt></ruby>が<ruby>出<rt>で</rt></ruby>ません。
o yu ga de.ma.se.n
熱水出不來。

コンセントが<ruby>見<rt>み</rt></ruby>つかりません。
ko.n.se.n.to ga mi.tsu.ka.ri.ma.se.n
我找不到插頭。

インターネットへの<ruby>接続<rt>せつぞく</rt></ruby>ができません。
i.n.ta.a.ne.t.to e no se.tsu.zo.ku ga de.ki.ma.se.n
網路無法連線。

セーフティボックスが<ruby>開<rt>あ</rt></ruby>きません。
se.e.fu.ti bo.k.ku.su ga a.ki.ma.se.n
保險櫃打不開。

部屋に ⬚⬚⬚⬚⬚ がありません。

he.ya ni ⬚⬚⬚⬚⬚ ga a.ri.ma.se.n

房裡沒有 ⬚⬚⬚⬚⬚ 。

不會説的
時候比這裡

シャンプー
sha.n.pu.u
洗髮精

リンス
ri.n.su
潤絲精

バスタオル
ba.su.ta.o.ru
浴巾

石けん
se.k.ke.n
肥皂

トイレットペーパー
to.i.re.t.to pe.e.pa.a
衛生紙

栓抜き
se.n.nu.ki
開罐器

ティーバッグ
ti.i.ba.g.gu
茶包

ティッシュ
ti.s.shu
面紙

スリッパ
su.ri.p.pa
拖鞋

ハンガー
ha.n.ga.a
衣架

湯呑み
yu.no.mi
茶杯

グラス
gu.ra.su
玻璃杯

住宿篇

ホテルでのトラブル | ho.te.ru de no to.ra.bu.ru
在飯店裡的困擾

隣の部屋がうるさいです。
to.na.ri no he.ya ga u.ru.sa.i de.su
隔壁的房間很吵。

鍵を部屋に置き忘れたんですが……。
ka.gi o he.ya ni o.ki.wa.su.re.ta n de.su ga
鑰匙忘在房間裡了……。

鍵をなくしてしまったんですが……。
ka.gi o na.ku.shi.te shi.ma.t.ta n de.su ga
鑰匙不見了……。

セーフティボックスの暗証番号を忘れて
しまったんですが……。
se.e.fu.ti bo.k.ku.su no a.n.sho.o.ba.n.go.o o wa.su.re.te
shi.ma.t.ta n de.su ga
我忘記保險櫃的密碼了。

お願いする

o ne.ga.i su.ru；要求

部屋を替えていただけますか。

he.ya o ka.e.te i.ta.da.ke.ma.su ka

可以幫我換房間嗎？

すぐに誰かをよこしてもらえますか。

su.gu ni da.re.ka o yo.ko.shi.te mo.ra.e.ma.su ka

可以請誰馬上過來嗎？

できるだけ早くお願いします。

de.ki.ru da.ke ha.ya.ku o ne.ga.i shi.ma.su

請盡快。

☆★旅遊小補帖

大眾浴池的禮儀

只要是日式旅館，幾乎都會有大眾浴池，建議大家入境隨俗，享受一下在大浴池中泡澡的樂趣。不過要注意的是，進入浴池之前要先把身體沖洗乾淨，長頭髮的人要把頭髮綁起來，沖水的時候不要濺到別人，洗好澡後要把身體略為擦乾再進更衣室。

此外，日本大多數的大眾浴池都會禁止紋身者入內，即使刺青的部位不大，甚至是貼紙，幾乎都會被婉拒，了解上述的基本禮貌和規則，就可以輕鬆愜意的泡個好澡囉。

還有，在日本不論是飯店還是日式旅館都會提供舒適的「浴衣」給旅客使用。雖然是簡便的和服，穿法不必太過講究，但要穿得好看舒適還是有點訣竅，不知道怎麼穿的朋友可參考看看如下的穿法：

① 切記要右下左上。（自己的方向，左下右上是往生者的穿法。）※ 男女皆同
② 衣襟拉正，下襬要成一直線。
③ 腰帶繞兩圈。（女性在肚臍上方，男性在肚臍下方。）
④ 女性打蝴蝶結，男性打單結。
⑤ 蝴蝶結位置，側邊或後方皆可。

美食篇

レストランで | re.su.to.ra.n de
在餐廳

レストランに入<ruby>入<rt>はい</rt></ruby>る　re.su.to.ra.n ni ha.i.ru；進餐廳

お<ruby>客様<rt>きゃくさま</rt></ruby>は<ruby>何名様<rt>なんめいさま</rt></ruby>ですか。
o kya.ku.sa.ma wa na.n.me.e sa.ma de.su ka
請問客人有幾位？

□□□<ruby>名<rt>めい</rt></ruby>です。
□□□ me.e de.su
有 □□□ 位。

不會説的
時候比這裡

<ruby>1<rt>いち</rt></ruby>	<ruby>2<rt>に</rt></ruby>	<ruby>3<rt>さん</rt></ruby>	<ruby>4<rt>よん</rt></ruby>
i.chi	ni	sa.n	yo.n
1	2	3	4

※ 貼心小叮嚀！趕快翻到 P223，有更多人數的説明喔！

おタバコは<ruby>吸<rt>す</rt></ruby>われますか。
o ta.ba.ko wa su.wa.re.ma.su ka
請問您抽菸嗎？

□□□でお<ruby>願<rt>ねが</rt></ruby>いできますか。
□□□ de o ne.ga.i de.ki.ma.su ka
可以麻煩你（安排）□□□ 嗎？

不會説的
時候比這裡

<ruby>禁煙席<rt>きんえんせき</rt></ruby>	<ruby>喫煙席<rt>きつえんせき</rt></ruby>	<ruby>窓際の席<rt>まどぎわ　　せき</rt></ruby>
ki.n.e.n se.ki	ki.tsu.e.n se.ki	ma.do.gi.wa no se.ki
禁菸席	吸菸席	靠窗的位子

座敷席とテーブル席のどちらになさいますか。
za.shi.ki se.ki to te.e.bu.ru se.ki no do.chi.ra ni na.sa.i.ma.su ka
請問您要榻榻米房間的位子還是桌席呢？

注文する
ちゅうもん
chu.u.mo.n.su.ru；點餐

メニューをください。
me.nyu.u o ku.da.sa.i
請給我菜單。

ご注文はお決まりですか。
ちゅうもん　　き
go chu.u.mo.n wa o ki.ma.ri de.su ka
可以點餐了嗎？

はい、お願いします。
ねが
ha.i o ne.ga.i shi.ma.su
可以，麻煩你。

もう少し待ってください。
すこ　ま
mo.o su.ko.shi ma.t.te ku.da.sa.i
請再等一下。

注文してもいいですか。
ちゅうもん
chu.u.mo.n.shi.te mo i.i de.su ka
我可以點餐了嗎？

料理名 を 数 ください

☐☐☐☐ o ☐☐☐☐ ku.da.sa.i

請給我 數量 ， 料理名稱 。

不會説的
時候比這裡

これ
ko.re
這個
（手指著菜單）

これとこれ
ko.re to ko.re
這個和這個
（手指著菜單）

あれと同じもの
a.re to o.na.ji mo.no
和那個同樣的東西
（手指著隔桌的餐點）

※ 貼心小叮嚀！這是不知料理名稱時，最簡單的説法。

不會説的
時候比這裡

数量

ひと 1つ
hi.to.tsu
1 個

ふた 2つ
fu.ta.tsu
2 個

みっ 3つ
mi.t.tsu
3 個

よっ 4つ
yo.t.tsu
4 個

※ 貼心小叮嚀！詳細請參閱 Part 3 基本數字和常用數量詞用法。

これは量が ☐☐☐☐ ですか

ko.re wa ryo.o ga ☐☐☐☐ de.su ka

這個量 ☐☐☐☐ 嗎？

不會説的
時候比這裡

おお 多い
o.o.i
很多

すく 少ない
su.ku.na.i
很少

ふつう 普通
fu.tsu.u
普通

美食篇

レストランで | re.su.to.ra.n de
在餐廳

これは２人で十分な量ですか。
ko.re wa fu.ta.ri de ju.u.bu.n.na ryo.o de.su ka
這個是 2 人足夠的份量嗎？

～はいかがですか。
～ wa i.ka.ga de.su ka
需要～嗎？

けっこうです。
ke.k.ko.o de.su
不用了。

☐☐☐☐は何がありますか。

☐☐☐☐ wa na.ni ga a.ri.ma.su ka

☐☐☐☐ 有什麼呢？

不會說的
時候比這裡

お飲み物
o no.mi.mo.no
飲料

食後のデザート
sho.ku.go no de.za.a.to
餐後甜點

食前酒
sho.ku.ze.n.shu
飯前酒

～のメニューはこちらでございます。
～ no me.nyu.u wa ko.chi.ra de go.za.i.ma.su
～的菜單在這裡。

ホットとアイスがございますが、
どちらになさいますか。

ho.t.to to a.i.su ga go.za.i.ma.su ga do.chi.ra ni na.sa.i.ma.su ka
有熱的和冰的，請問要哪一樣？

☐☐☐☐☐でお願_{ねが}いします。

☐☐☐☐☐ de o ne.ga.i shi.ma.su

請給我 ☐☐☐☐☐ 。

不會說的
時候比這裡

アイス

a.i.su
冰的

ホット

ho.t.to
熱的

☐☐☐☐☐にしてください。

☐☐☐☐☐ ni shi.te ku.da.sa.i

麻煩你 ☐☐☐☐☐ 。

不會說的
時候比這裡

氷少_{こおりすく}なめ

ko.o.ri su.ku.na.me
冰塊少點

氷_{こおり}なし

ko.o.ri na.shi
去冰

お飲_のみ物_{もの}はいつお持_もちしましょうか。

o no.mi.mo.no wa i.tsu o mo.chi shi.ma.sho.o ka
飲料什麼時候送過來呢。

美食篇

レストランで re.su.to.ra.n de
在餐廳

___でお<ruby>願<rt>ねが</rt></ruby>いします。

___ de o ne.ga.i shi.ma.su

麻煩你 ___ 。

不會説的
時候比這裡

<ruby>食事<rt>しょくじ</rt></ruby>と<ruby>一緒<rt>いっしょ</rt></ruby>

sho.ku.ji to i.s.sho
和餐點一起

<ruby>食後<rt>しょくご</rt></ruby>

sho.ku.go
餐後

ご<ruby>注文<rt>ちゅうもん</rt></ruby>は<ruby>以上<rt>いじょう</rt></ruby>でよろしいですか。
go chu.u.mo.n wa i.jo.o de yo.ro.shi.i de.su ka
您點的是以上這些嗎？

はい。
ha.i
是的。

いいえ、あとは……。
i.i.e a.to wa
不，我還要……。

すみません、<ruby>注文<rt>ちゅうもん</rt></ruby>を ___ てもいいですか。

su.mi.ma.se.n chu.u.mo.n o ___ .te mo i.i de.su ka

不好意思，我可以 ___ 點的菜嗎？

不會説的
時候比這裡

<ruby>替<rt>か</rt></ruby>え

ka.e
更換

キャンセルし

kya.n.se.ru.shi
取消

はい、どうぞ。
ha.i do.o.zo
好的，請説。

大変申し訳ございません、もう作っていますが……。
ta.i.he.n mo.o.shi.wa.ke.go.za.i.ma.se.n mo.o tsu.ku.t.te i.ma.su ga
非常抱歉，已經在做了……。

ご注文の品はすべてお揃いですか。
go chu.u.mo.n no shi.na wa su.be.te o so.ro.i de.su ka
您點的全到齊了嗎？

はい。
ha.i
是的。

いいえ、まだです。
i.i.e ma.da de.su
不，還沒。

レストランで |

しょくじちゅうに ねがいする
食事中にお願いする
sho.ku.ji.chu.u ni o ne.ga.i su.ru；在用餐時請託

すみません、[   ]をください。

su.mi.ma.se.n [   ] o ku.da.sa.i

麻煩你給我 [   ]

不會說的
時候比這裡

茶碗（ちゃわん） cha.wa.n 飯碗	**お茶**（ちゃ） o cha 茶	**水**（みず） mi.zu 冷開水
おしぼり o.shi.bo.ri 擦手巾	**お箸**（はし） o ha.shi 筷子	**爪楊枝**（つまようじ） tsu.ma.yo.o.ji 牙籤
シロップ shi.ro.p.pu 糖漿	**小皿**（こざら） ko.za.ra 小盤子	**ミルク** mi.ru.ku 奶精
砂糖（さとう） sa.to.o 糖	**灰皿**（はいざら） ha.i.za.ra 菸灰缸	**ストロー** su.to.ro.o 吸管

　　　　がありますか。

　　　　ga a.ri.ma.su ka

有　　　　嗎？

不會説的
時候比這裡

七味唐辛子（しちみとうがらし）
shi.chi.mi to.o.ga.ra.shi
七味辣椒粉

ラー油（ゆ）
ra.a.yu
辣油

胡椒（こしょう）
ko.sho.o
胡椒

からし
ka.ra.shi
黃芥末

すみません、　　　　のお代（か）わりをください。

su.mi.ma.se.n 　　　　no o ka.wa.ri o ku.da.sa.i

麻煩你，我還要一份　　　　。

不會説的
時候比這裡

ご飯（はん）
go.ha.n
飯

味噌汁（みそしる）
mi.so.shi.ru
味噌湯

サラダ
sa.ra.da
沙拉

コーヒー
ko.o.hi.i
咖啡

美食篇

★★旅遊小補帖

吃不飽嗎？再來一碗！

　　日本有許多餐廳的定食會提供白飯免費續碗，更慷慨的連湯類、沙拉、飲料也會免費提供續碗或續杯，若菜單上有「～のお代わり自由です」（< ～ no o ka.wa.ri ji.yu.u de.su >；～續碗、續杯免費）的標示，就不要客氣囉。

すみません、注文を追加したいんですが……。
su.mi.ma.se.n chu.u.mo.n o tsu.i.ka.shi.ta.i n de.su ga
麻煩你，我想加點……。

メニューを見せてもらえますか。
me.nyu.u o mi.se.te mo.ra.e.ma.su ka
可以讓我看一下菜單嗎？

これをもう ⬚⬚⬚ ください

ko.re o mo.o ⬚⬚⬚ ku.da.sa.i

這個再給我 ⬚⬚⬚ 。

不會說的時候比這裡

いっ ぱい **1 杯**	ひと さら **1 皿**	いっ ぽん **1 本**	ひと **1 つ**
i.p.pa.i	hi.to.sa.ra	i.p.po.n	hi.to.tsu
1 杯	1 盤	1 瓶	1 個

※ 貼心小叮嚀！趕快翻到 P239，有更多「單位」的說法喔！

これをもう少し焼いてもらえますか。
ko.re o mo.o su.ko.shi ya.i.te mo.ra.e.ma.su ka
這個能幫我再烤（煎）熟一點嗎？

すみません、☐ を落としてしまいました。

su.mi.ma.se.n ☐ o o.to.shi.te shi.ma.i.ma.shi.ta

不好意思，☐ 掉了。

新しい ☐ をもらえますか。

a.ta.ra.shi.i ☐ o mo.ra.e.ma.su ka

可以給我新（乾淨）的 ☐ 嗎？

不會説的
時候比這裡

お箸	フォーク	ナイフ	スプーン
o ha.shi	fo.o.ku	na.i.fu	su.pu.u.n
筷子	叉子	刀子	湯匙

新しい皿に替えてもらえますか。
a.ta.ra.shi.i sa.ra ni ka.e.te mo.ra.e.ma.su ka
可以幫我換新盤子嗎？

空いたお皿を下げてもらえますか。
a.i.ta o sa.ra o sa.ge.te mo.ra.e.ma.su ka
請把空盤子收走好嗎？

食後のデザートをお願いしてもいいですか。
sho.ku.go no de.za.a.to o o ne.ga.i shi.te mo i.i.de.su ka
麻煩你上餐後的點心好嗎？

レストランで | re.su.to.ra.n de
在餐廳

苦情 (く じょう) ku.jo.o；不滿

注文した料理がまだ来てないんですが……。
chu.u.mo.n.shi.ta ryo.o.ri ga ma.da ki.te na.i n de.su ga
我點的菜還沒來……。

すぐお持ちします。
su.gu o mo.chi shi.ma.su
我馬上端過來。

ただ今確認いたします。
ta.da.i.ma ka.ku.ni.n i.ta.shi.ma.su
我現在立刻去確認。

これは頼(たの)んでないんですけど……。
ko.re wa ta.no.n.de na.i n de.su ke.do
我沒點這個……。

この中(なか)に _____ が入(はい)っているんですが……。
ko.no na.ka ni _____ ga ha.i.t.te i.ru n de.su ga
這裡面有 _____ ……。

不會説的
時候比這裡

髪(かみ)の毛(け)	虫(むし)	ゴキブリ	ごみ
ka.mi no ke	mu.shi	go.ki.bu.ri	go.mi
頭髮	蟲子	蟑螂	髒東西

これはしょっぱすぎます。
ko.re wa sho.p.pa.su.gi.ma.su
這個太鹹了。

取り替えてもらえますか。
to.ri.ka.e.te mo.ra.e.ma.su ka
可以幫我換掉嗎？

レストランで | re.su.to.ra.n de
在餐廳

会計する
ka.i.ke.e.su.ru；結帳

会計をお願いします。
ka.i.ke.e o o ne.ga.i shi.ma.su
請結帳。

会計はご一緒でいいですか。
ka.i.ke.e wa go i.s.sho de i.i de.su ka
一起結帳好嗎？

一緒でお願いします。
i.s.sho de o o ne.ga.i shi.ma.su
請一起算。

別々にしてください。
be.tsu.be.tsu ni shi.te ku.da.sa.i
請分開算。

カードは使えますか。
ka.a.do wa tsu.ka.e.ma.su ka
可以刷卡嗎？

はい、どうぞ。
ha.i do.o.zo
請。

申し訳ございません、現金のみです。
mo.o.shi.wa.ke go.za.i.ma.se.n ge.n.ki.n no.mi de.su
很抱歉，我們只收現金。

お釣りが間違っています。
o tsu.ri ga ma.chi.ga.t.te i.ma.su
錢找錯了。

大変申し訳ございません、
レシートを拝見してもいいですか。
ta.i.he.n mo.o.shi.wa.ke go.za.i.ma.se.n
re.shi.i.to o ha.i.ke.n.shi.te mo i.i de.su ka
非常抱歉，能讓我看一下收據嗎？

MP3 28

寿司 su.shi ；壽司
すし

☐☐☐☐☐ をください。

☐☐☐☐☐ o ku.da.sa.i

請給我 ☐☐☐☐☐ 。

不會説的
時候比這裡

鮑 あわび a.wa.bi 鮑魚	**赤貝** あかがい a.ka.ga.i 血蚶	**鯵** あじ a.ji 竹筴魚
穴子 あなご a.na.go 星鰻	**烏賊** いか i.ka 花枝	**いくら** i.ku.ra 鮭魚卵
鰯 いわし i.wa.shi 沙丁魚	**うに** u.ni 海膽	**海老** えび e.bi 蝦子
縁側 えんがわ e.n.ga.wa 比目魚鰭邊肉	**大トロ** おお o.o.to.ro 大鮪魚肚肉	**かき** ka.ki 牡蠣
白子 しらこ shi.ra.ko 鱈魚精巢	**鯛** たい ta.i 鯛魚	**桜海老** さくらえび sa.ku.ra.e.bi 櫻花蝦

玉子
ta.ma.go
日式煎蛋

しゃこ
sha.ko
蝦蛄

中トロ
chu.u.to.ro
中鮪魚肚肉

つぶ貝
tsu.bu.ga.i
螺貝

鳥貝
to.ri.ga.i
鳥貝

葱とろ
ne.gi.to.ro
蔥花鮪魚

平目
hi.ra.me
比目魚

ホタテ
ho.ta.te
扇貝

ミル貝
mi.ru.ga.i
象拔蚌

蟹みそ
ka.ni.mi.so
蟹膏

鰤
bu.ri
鰤魚（青甘）

サーモン
sa.a.mo.n
鮭魚

芽ねぎ
me.ne.gi
芽蔥

お茶
o cha
茶

ガリ
ga.ri
醋薑

いろいろ りょうり たの

さび抜きでお願いします。

sa.bi.nu.ki de o ne.ga.i shi.ma.su

請別加芥末。

※ 雖然芥末的日語是「わさび」，但一般不要芥末時都
　　會簡稱為「さび抜き」。

わさびを □□□□ にしてください。

wa.sa.bi o □□□□ ni shi.te ku.da.sa.i

芥末請放 □□□□ 。

不會說的
時候比這裡

すく
少なめ

su.ku.na.me

少一點

おお
多め

o.o.me

多一點

☆★旅遊小補帖

怎麼吃壽司才漂亮？

　　壽司料理源起於路邊攤，所以沒什麼繁文縟節，用手吃、用筷子吃都無所謂。不過常看到有些朋友夾壽司時，飯與配料常會散開，更糗的是沾了醬油之後，整個醬油碟子掉滿了飯粒。如果要吃得漂亮，可把壽司的一邊倒向側方，再夾起來沾醬油，至於軍艦類的壽司，可利用醋薑沾醬油來食用。

①先把壽司倒向一邊。

②再以配料沾醬油。

③軍艦類壽司可利用
　醋薑來沾醬油。

ラーメン　ra.a.me.n；拉麵

_____ をください。

_____ o ku.da.sa.i

請給我 _____ 。

不會說的
時候比這裡

ラーメン（＜ ra.a.me.n ＞；拉麵）

塩ラーメン

shi.o ra.a.me.n
鹽味拉麵

しょう油ラーメン

sho.o.yu ra.a.me.n
醬油拉麵

味噌ラーメン

mi.so ra.a.me.n
味噌拉麵

豚骨ラーメン

to.n.ko.tsu ra.a.me.n
豬骨拉麵

チャーシューメン

cha.a.shu.u me.n
叉燒麵

五目ラーメン

go.mo.ku ra.a.me.n
什錦拉麵

つけ麺

tsu.ke me.n
沾麵

冷やし中華

hi.ya.shi chu.u.ka
中華涼麵

タンタンメン

ta.n.ta.n me.n
担担麵

美食篇

103

不會説的
時候比這裡

その他（＜ so.no ta ＞；其他）
た

替玉
かえだま

ka.e.da.ma
追加麵

焼き餃子
や ぎょうざ

ya.ki.gyo.o.za
煎餃

ご飯
はん

go.ha.n
白飯

不會説的
時候比這裡

トッピング（＜ to.p.pi.n.gu ＞；配料）

葱
ねぎ
ne.gi
蔥

チャーシュー
cha.a.shu.u
叉燒

のり
no.ri
海苔

ゆで玉子
たま ご
yu.de ta.ma.go
白煮蛋

味玉
あじたま
a.ji ta.ma
滷蛋

紅生姜
べにしょう が
be.ni sho.o.ga
紅薑

きくらげ

ki.ku.ra.ge
木耳

メンマ
me.n.ma
筍乾

でお願いします。

ねが

　　　　　　de o ne.ga.i shi.ma.su

麻煩你 　　　　　 的。

不會説的
時候比這裡

りょう **量**	なみもり **並盛**	おおもり **大盛**	とくもり **特盛**
ryo.o	na.mi.mo.ri	o.o.mo.ri	to.ku.mo.ri
量	普通量	大碗	特大碗

めん かた **麺の硬さ**	**かため**	ふ つう **普通**	やわ **柔らかめ**
me.n no ka.ta.sa	ka.ta.me	fu.tsu.u	ya.wa.ra.ka.me
麵的硬度	稍硬	普通	稍軟

しゅるい **種類**	ほそめん **細麺**	ふとめん **太麺**	めん **ちぢれ麺**
shu.ru.i	ho.so me.n	fu.to me.n	chi.ji.re me.n
種類	細麵	粗麵	捲麵

☆★旅遊小補帖

擔心在拉麵店吃不飽嗎？
追加麵就好啦！

　　食量大的朋友，一碗拉麵勢必無法滿足，
如果再點一碗，又擔心麵湯喝不了那麼多，這
時候可以點「替玉」（< ka.e.da.ma >;追加麵），自行加入麵碗即可。

かえだま

以一蘭拉麵的「替玉」為例，只需 190 日圓，經濟實惠。不過可

かえだま

別忘記留下麵湯喔，否則就得吃乾麵啦（一般不會追加麵湯）。

そば so.ba ；蕎麥麵

☐☐☐☐ をください。

☐☐☐☐ o ku.da.sa.i

請給我 ☐☐☐☐ 。

不會說的
時候比這裡

わかめそば
wa.ka.me so.ba
裙帶菜蕎麥麵

山菜そば さんさい
sa.n.sa.i so.ba
山菜蕎麥麵

鴨南蛮そば かもなんばん
ka.mo.na.n.ba.n so.ba
鴨肉南蠻蕎麥麵

かけそば
ka.ke so.ba
蕎麥湯麵

なめこそば
na.me.ko so.ba
滑菇蕎麥麵

ざるそば
za.ru so.ba
笊籬蕎麥麵

きつねそば
ki.tsu.ne so.ba
滷豆皮蕎麥麵

たぬきそば
ta.nu.ki so.ba
油渣蕎麥麵

月見そば つきみ
tsu.ki.mi so.ba
月見蕎麥麵（雞蛋蕎麥麵）

山かけそば やま
ya.ma.ka.ke so.ba
山藥泥蕎麥麵

天ぷらそば

te.n.pu.ra so.ba
天婦羅蕎麥麵

そば湯

so.ba.yu
煮蕎麥麵水

☆★旅遊小補帖

清香健康的煮蕎麥麵水

　　許多日本的蕎麥麵專門店在客人用完像笊籬蕎麥麵等沒有湯汁的蕎麥麵之後，會提供一壺煮蕎麥麵的「そば湯」，這蕎麥麵水風味清香，對身體也很好，若店家沒主動提供，也可以免費索取。怎麼喝？把蕎麥麵水倒入沾麵的醬汁杯中一起喝即可（若擔心太鹹，把醬汁倒入壺中亦可）。

MP3
31

うどん u.do.n；烏龍麵

[　　　　　]をください。

[　　　　　] o ku.da.sa.i

請給我 [　　　　　] 。

不會說的
時候比這裡

わかめうどん

wa.ka.me u.do.n
裙帶菜烏龍麵

かけうどん

ka.ke u.do.n
烏龍湯麵

きつねうどん

ki.tsu.ne u.do.n
滷豆皮烏龍麵

天^{てん}ぷらうどん

天ぷらうどん

te.n.pu.ra u.do.n
天婦羅烏龍麵

とろろ昆布^{こん ぶ}うどん

とろろ昆布うどん

to.ro.ro ko.n.bu u.do.n
昆布絲烏龍麵

力^{ちから}うどん

力うどん

chi.ka.ra u.do.n
年糕烏龍麵

ぶっかけうどん

bu.k.ka.ke u.do.n
醬汁拌烏龍涼麵

カレーうどん

ka.re.e u.do.n
咖哩烏龍麵

月見^{つき み}うどん

月見うどん

tsu.ki.mi u.do.n
月見烏龍麵（雞蛋烏龍麵）

山菜^{さんさい}うどん

山菜うどん

sa.n.sa.i u.do.n
山菜烏龍麵

鍋燒きうどん

na.be.ya.ki u.do.n
鍋燒烏龍麵

肉うどん

ni.ku u.do.n
牛（豬）肉烏龍麵

☆★旅遊小補帖

平價實惠自助烏龍麵

　　近年來日本便宜實惠的自助式烏龍麵越來越盛行，只要一枚 500 日圓硬幣，就能享受豐盛的一餐。購餐方式很簡單只要拿著餐盤，按點餐、取餐、結帳的順序前進即可。最吸引人的是，除了烏龍麵之外，還有各式天婦羅、飯糰和豆皮壽司可供點選，建議大家在點烏龍麵時點小的即可（一般有小、中、大三種大小，份量可是貨真價實的 1：2：3 喔）。

美食篇

109

PART2

いろいろ りょうり たの
色々な料理を楽しむ | i.ro.i.ro.na ryo.o.ri o ta.no.shi.mu
盡享各種美食

MP3 32

い ざか や りょう り
居酒屋料理 i.za.ka.ya ryo.o.ri；居酒屋料理

┌─────────┐
│   │ をください。
└─────────┘

┌─────────┐
│   │ o ku.da.sa.i
└─────────┘

請給我 ┌─────────┐ 。
　　　 └─────────┘

の もの
飲み物（< no.mi.mo.no >；飲料）

不會説的
時候比這裡

なま
生ビール

na.ma.bi.i.ru
生啤酒

くろなま
黒生

ku.ro.na.ma
黑生啤酒

に ほんしゅ
日本酒

ni.ho.n.shu
日本酒

しょうちゅう
焼酎

sho.o.chu.u
燒酒

うめしゅ
梅酒

u.me.shu
梅酒

カクテル

ka.ku.te.ru
雞尾酒

ワイン

wa.i.n
葡萄酒

サワー

sa.wa.a
沙瓦

ソフトドリンク

so.fu.to do.ri.n.ku
不含酒精的軟飲料

日本居酒屋常見的酒類喝法

　　日本酒和燒酒的品牌繁不勝數，就連喝法也可視天氣或個人的酒量、喜好做如下的變化，不清楚怎麼喝的朋友，可以參考看看喔。

日本酒 （< ni.ho.n.shu >；日本酒）

冷酒
re.e.shu
冷酒

熱燗
a.tsu.ka.n
熱酒

燒酎 （< sho.o.chu.u >；燒酒）

ロック
ro.k.ku
加冰塊

水割り
mi.zu wa.ri
加水

お湯割り
o yu wa.ri
加熱開水

ソーダ割り
so.o.da wa.ri
加汽水

不會說的
時候比這裡

おつまみ （< o tsu.ma.mi >；下酒小菜）

枝豆
e.da.ma.me
毛豆

塩キャベツ
shi.o kya.be.tsu
鹽醬高麗菜

たこわさび
ta.ko wa.sa.bi
章魚山葵

美食篇

111

☆★旅遊小補帖

居酒屋不點自來的小菜可以退嗎？

　　一進日本的居酒屋，只要坐定下來，侍者會請你先點飲料，並端上一份不點自來的「お通し」（< o to.o.shi >；小菜），這份小菜並不是免費招待，主要的目的是讓顧客在等候上菜的空檔，可以用來配酒。如果不想要可以退嗎？建議大家出門在外還是入境隨俗，這是日本居酒屋長久以來的習慣，就當作是給店員的服務費囉。

警語：お酒は 20 歳になってから。
　　　　　さけ　　　　はたち

（< o sa.ke wa ha.ta.chi ni na.t.te ka.ra >；未成年請勿飲酒）

不會說的
時候比這裡

刺身 （< sa.shi.mi >；生魚片）
　さし み

刺身盛り合わせ
さし み も　あ

sa.shi.mi mo.ri.a.wa.se
綜合生魚片

貝刺盛り合わせ
かいさし も　あ

ka.i.sa.shi mo.ri.a.wa.se
生綜合貝類

馬刺し
ば さ

ba.sa.shi
生馬肉

さんまの姿造り
すがたづく

san.ma no su.ga.ta zu.ku.ri
整尾秋刀魚刺身

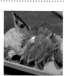

生ガキ
なま

na.ma ga.ki
生蠔

つぶ貝の活造り
がい　いきづく

tsu.bu.ga.i no i.ki.zu.ku.ri
現宰螺貝刺身

串焼き（< ku.shi.ya.ki >；串烤）

串焼き盛り合わせ
ku.shi.ya.ki mo.ri.a.wa.se
綜合串烤

つくね
tsu.ku.ne
肉丸

手羽先
te.ba.sa.ki
雞翅膀

やげん軟骨
ya.ge.n na.n.ko.tsu
雞胸軟骨

レバー
re.ba.a
肝（雞肝）

鶏皮
to.ri ka.wa
雞皮

ぼんじり
bo.n.ji.ri
雞屁股

鶏ねぎま串
to.ri ne.gi.ma gu.shi
雞肉蔥串

鶏もも
to.ri mo.mo
雞腿肉

ししとう
shi.shi.to.o
綠色小甜椒

砂肝
su.na.gi.mo
雞胗

ささみ
sa.sa.mi
雞柳

美食篇

不會説的
時候比這裡 | <ruby>串揚<rt>くしあ</rt></ruby>げ（< ku.shi.a.ge >；炸串）

<ruby>串揚<rt>くしあ</rt></ruby>げ<ruby>盛<rt>も</rt></ruby>り<ruby>合<rt>あ</rt></ruby>わせ

ku.shi.a.ge mo.ri.a.wa.se
綜合炸串

うずらの<ruby>卵<rt>たまご</rt></ruby>

u.zu.ra no ta.ma.go
鵪鶉蛋

<ruby>海老<rt>えび</rt></ruby>

e.bi
蝦子

しいたけ

shi.i.ta.ke
香菇

不會説的
時候比這裡 | <ruby>揚物<rt>あげもの</rt></ruby>（< a.ge.mo.no >；炸物）

<ruby>軟骨<rt>なんこつ</rt></ruby>の<ruby>唐揚<rt>からあげ</rt></ruby>

na.n.ko.tsu no ka.ra.a.ge
炸軟骨

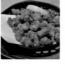

<ruby>鶏<rt>とり</rt></ruby>の<ruby>唐揚<rt>からあげ</rt></ruby>

to.ri no ka.ra.a.ge
炸雞肉

<ruby>天<rt>てん</rt></ruby>ぷら<ruby>盛<rt>も</rt></ruby>り<ruby>合<rt>あ</rt></ruby>わせ

te.n.pu.ra mo.ri.a.wa.se
綜合天婦羅

不會説的
時候比這裡 | サラダ（< sa.ra.da >；沙拉）

<ruby>海鮮<rt>かいせん</rt></ruby>サラダ

ka.i.se.n sa.ra.da
海鮮沙拉

シーザーサラダ

shi.i.za.a sa.ra.da
凱薩沙拉

グリーンサラダ

gu.ri.i.n sa.ra.da
以綠色蔬菜為主的沙拉

冷やしトマト

hi.ya.shi to.ma.to
冰鎮番茄

不會說的
時候比這裡 焼物（< ya.ki.mo.no >；烤物）

焼きししゃも

ya.ki shi.sha.mo
烤柳葉魚

焼きハマグリ

ya.ki ha.ma.gu.ri
烤蛤

マグロのかま焼き

ma.gu.ro no ka.ma.ya.ki
烤鮪魚下巴

ほっけの網焼き

ho.k.ke no a.mi.ya.ki
網烤花鰱魚

サザエのつぼ焼き

sa.za.e no tsu.bo.ya.ki
烤蠑螺

いかの姿焼き

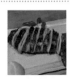

i.ka no su.ga.ta.ya.ki
烤整尾花枝

つぶ貝のバター焼き

tsu.bu.ga.i no ba.ta.a.ya.ki
烤奶油螺貝

鮎の塩焼き

a.yu no shi.o.ya.ki
烤香魚

烏賊の一夜干し

i.ka no i.chi.ya.bo.shi
烤花枝一夜干

美食篇

ご<ruby>飯<rt>はん</rt></ruby>（ < go.ha.n > ；飯類 ）

おにぎり
o.ni.gi.ri
飯糰

<ruby>焼<rt>や</rt></ruby>きおにぎり
ya.ki o.ni.gi.ri
烤飯糰

お<ruby>茶漬<rt>ちゃづ</rt></ruby>け
o cha.zu.ke
茶泡飯

チャーハン
cha.a.ha.n
炒飯

その<ruby>他<rt>た</rt></ruby>（ < so.no ta > ；其他 ）

<ruby>玉子焼<rt>たまごやき</rt></ruby>
ta.ma.go.ya.ki
日式煎蛋

もつ<ruby>煮<rt>に</rt></ruby>
mo.tsu.ni
滷內臟

あさりの<ruby>酒蒸<rt>さかむ</rt></ruby>し
a.sa.ri no sa.ka.mu.shi
酒蒸海瓜子

ミミガー
mi.mi.ga.a
豬耳朵醋物

かき<ruby>酢<rt>す</rt></ruby>
ka.ki.su
牡蠣醋物

メバルの<ruby>煮付<rt>につ</rt></ruby>け
me.ba.ru no ni.tsu.ke
滷平鮋（石狗公）

おすすめの 　　　　 はありませんか。

o su.su.me no 　　　　 wa a.ri.ma.se.n ka

有推薦的 　　　　 嗎？

不會説的
時候比這裡

日本酒
ni.ho.n.shu
日本酒

焼酎
sho.o.chu.u
燒酒

刺身
sa.shi.mi
生魚片

おつまみ
o tsu.ma.mi
下酒小菜

色々な料理を楽しむ　|　i.ro.i.ro.na ryo.o.ri o ta.no.shi.mu
いろいろ　りょうり　たの

盡享各種美食

鍋料理 na.be.ryo.o.ri；火鍋料理
なべりょうり

☐☐☐☐☐ をください。

☐☐☐☐☐ o ku.da.sa.i

請給我 ☐☐☐☐ 。

不會説的
時候比這裡

しゃぶしゃぶ
sha.bu.sha.bu
涮涮鍋

すき焼き
や
su.ki.ya.ki
壽喜燒

ちゃんこ鍋
なべ
cha.n.ko na.be
相撲鍋

もつ鍋
なべ
mo.tsu na.be
內臟鍋

おでん
o.de.n
關東煮

寄せ鍋
よ　なべ
yo.se na.be
綜合海鮮鍋

どじょう鍋
なべ
do.jo.o na.be
泥鰍鍋

かき鍋
なべ
ka.ki na.be
牡蠣鍋

柳川鍋
やながわなべ
ya.na.ga.wa na.be
泥鰍牛蒡鍋

鍋<ruby>鍋<rt>なべ</rt></ruby>のだしはどうなさいますか。

na.be no da.shi wa do.o na.sa.i.ma.su ka

火鍋的高湯要哪一種？

☆★旅遊小補帖

各式各樣的湯底

日本有很多涮涮鍋吃到飽的專門店，而且有不少湯底可供選擇，一般來説，比較特別的高湯底或加湯時會酌收 100 日圓以上不等的價錢。至於「つけだれ」（<tsu.ke.da.re>；沾醬），則以「ポン酢<ruby>酢<rt>ず</rt></ruby>」（<po.n.zu>；香橙醋）和「ごまだれ」（<go.ma.da.re>；芝麻醬）這 2 種口味為主。此外，口味清爽的香橙醋還可以放「大根<ruby>大根<rt>だいこん</rt></ruby>おろし」（<da.i.ko.n o.ro.shi>；蘿蔔泥）或「もみじおろし」（<mo.mi.ji o.ro.shi>；和辣椒一起磨成的蘿蔔泥）來變換口味喔。

美食篇

┌──────┐でお願<ruby>願<rt>ねが</rt></ruby>いします。
└──────┘

┌──────┐ de o ne.ga.i shi.ma.su
└──────┘

我要 ┌──────┐ 。
　　 └──────┘

不會説的
時候比這裡

昆布<ruby>昆布<rt>こんぶ</rt></ruby>だし	豆乳<ruby>豆乳<rt>とうにゅう</rt></ruby>だし	豚骨<ruby>豚骨<rt>とんこつ</rt></ruby>だし
ko.n.bu da.shi	to.o.nyu.u da.shi	to.n.ko.tsu da.shi
昆布高湯	豆漿高湯	豬骨高湯
地鶏塩<ruby>地鶏塩<rt>じ どりしお</rt></ruby>だし	チゲ	味噌<ruby>味噌<rt>み そ</rt></ruby>だし
ji.do.ri shi.o da.shi	chi.ge	mi.so da.shi
土雞鹽味高湯	韓國泡菜高湯	味噌高湯

カレーだし

ka.re.e da.shi

咖哩高湯

みぞれだし

mi.zo.re da.shi

白蘿蔔泥高湯

をもう1皿ください。

o mo.o hi.to.sa.ra ku.da.sa.i

請再給我一盤 。

不會説的
時候比這裡

豚肉

bu.ta.ni.ku

豬肉

牛肉

gyu.u.ni.ku

牛肉

マトン

ma.to.n

羊肉

豆腐

to.o.fu

豆腐

白菜

ha.ku.sa.i

白菜

えのき茸

e.no.ki.da.ke

金針菇

しいたけ

shi.i.ta.ke

香菇

しめじ

shi.me.ji

鴻喜菇

定食 te.e.sho.ku；定食

☐☐☐☐ をください。

☐☐☐☐ o ku.da.sa.i

不會說的
時候比這裡

請給我 ☐☐☐☐ 。

刺身定食
sa.shi.mi te.e.sho.ku
生魚片定食

天ぷら定食
te.n.pu.ra te.e.sho.ku
天婦羅定食

トンカツ定食
to.n.ka.tsu te.e.sho.ku
炸豬排定食

日替わり定食
hi.ga.wa.ri te.e.sho.ku
每日定食

生姜焼き定食
sho.o.ga.ya.ki te.e.sho.ku
薑汁豬肉定食

焼き魚定食
ya.ki.za.ka.na te.e.sho.ku
烤魚定食

☐☐☐☐ 付きでお願いします。

☐☐☐☐ tsu.ki de o ne.ga.i shi.ma.su

不會說的
時候比這裡

我要附 ☐☐☐☐ 。

ドリンク

do.ri.n.ku
飲料

デザート

de.za.a.to
點心

はん　か　　　　　　　ねが
ご飯のお代わりをお願いします。
go.ha.n no o ka.wa.ri o o ne.ga.i shi.ma.su
我要再添一碗白飯。

☆★旅遊小補帖

豪華版定食──御膳

　　一般來說有一樣主菜、副菜、
醬瓜和湯類就可稱為定食，含二樣以
上的主菜、數種小菜，就稱之為「御
ぜん
膳」（< go.ze.n >；御膳），也就是
定食的豪華版囉。

MP3 35

丼物 _{どんもの} do.n.mo.no；蓋飯

☐☐☐☐ をください。

☐☐☐☐ o ku.da.sa.i

請給我 ☐☐☐☐ 。

不會説的
時候比這裡

親子丼 _{おや こ どん}

o.ya.ko do.n
親子蓋飯（雞肉雞蛋蓋飯）

鰻丼 _{うなどん}

u.na do.n
鰻魚蓋飯

海鮮丼 _{かいせんどん}

ka.i.se.n do.n
海鮮蓋飯

カツ丼 _{どん}

ka.tsu do.n
炸豬排蓋飯

牛丼 _{ぎゅうどん}

gyu.u do.n
牛肉蓋飯

豚丼 _{ぶたどん}

bu.da do.n
豬肉蓋飯

天丼 _{てんどん}

te.n do.n
天婦羅蓋飯

鮪とアボカドのどんぶり _{まぐろ}

ma.gu.ro to a.bo.ka.do no do.n.bu.ri
鮪魚和酪梨的蓋飯

美食篇

123

色々な料理を楽しむ
<ruby>色<rt>いろ</rt></ruby>々な<ruby>料理<rt>りょうり</rt></ruby>を<ruby>楽<rt>たの</rt></ruby>しむ

i.ro.i.ro.na ryo.o.ri o ta.no.shi.mu
盡享各種美食

_____ 付きのセットでお願いします。
付きのセット ねが

_____ tsu.ki no se.t.to de o ne.ga.i shi.ma.su

我要附 _____ 的套餐。

不會説的
時候比這裡

サラダ
sa.ra.da
沙拉

お新香
お<ruby>新香<rt>しんこう</rt></ruby>
o shi.n.ko.o
醬菜

味噌汁
<ruby>味噌汁<rt>みそしる</rt></ruby>
mi.so.shi.ru
味噌湯

キムチ
ki.mu.chi
泡菜

ご<ruby>飯<rt>はん</rt></ruby>は _____ でお<ruby>願<rt>ねが</rt></ruby>いします。

go.ha.n wa _____ de o ne.ga.i shi.ma.su

麻煩你白飯 _____ 的。

不會説的
時候比這裡

大盛
<ruby>大盛<rt>おおもり</rt></ruby>
o.o.mo.ri
大碗

並盛
<ruby>並盛<rt>なみもり</rt></ruby>
na.mi.mo.ri
普通碗

小盛
<ruby>小盛<rt>こもり</rt></ruby>
ko.mo.ri
小碗

お好み焼 <ruby>お好<rt>この</rt></ruby>み<ruby>焼<rt>やき</rt></ruby> o.ko.no.mi.ya.ki ；什錦燒

☐☐☐☐ をください。

☐☐☐☐ o ku.da.sa.i

請給我 ☐☐☐☐ 。

不會說的
時候比這裡

<ruby>豚玉<rt>ぶたたま</rt></ruby>

bu.ta ta.ma
豬肉加蛋

<ruby>烏賊玉<rt>いか たま</rt></ruby>
i.ka ta.ma
花枝加蛋

たこ<ruby>玉<rt>たま</rt></ruby>

ta.ko ta.ma
章魚加蛋

すじ<ruby>玉<rt>たま</rt></ruby>

su.ji ta.ma
牛筋加蛋

チーズ<ruby>玉<rt>たま</rt></ruby>

chi.i.zu ta.ma
起士加蛋

<ruby>豚<rt>ぶた</rt></ruby>キムチ

bu.ta ki.mu.chi
豬肉泡菜

ミックス<ruby>玉<rt>たま</rt></ruby>

mi.k.ku.su ta.ma
綜合加蛋

スペシャル<ruby>玉<rt>たま</rt></ruby>

su.pe.sha.ru ta.ma
豪華特製加蛋

美食篇

☆★旅遊小補帖

如何製作美味的什錦燒

①鐵板燒熱後，放上適量的油。

②將材料充分攪拌，舖放在鐵板上（高度約 2 公分）。

③如果有豬肉的話，料舖好之後再排放上去。

④煎烤約 3 分鐘（材料周圍收乾）翻面。

⑤同樣再煎烤約 3 分鐘，煎烤途中切記不要用鍋鏟壓擠，以免喪失鬆軟的口感。

⑥塗上醬汁（喜歡的話也可以塗上美乃滋），再依序灑上柴魚片與青海苔粉即可。

もんじゃ焼 mo.n.ja.ya.ki；文字燒

▢▢▢▢▢ をください。

▢▢▢▢▢ o ku.da.sa.i

請給我 ▢▢▢▢▢ 。

不會說的
時候比這裡

昔もんじゃ

mu.ka.shi mo.n.ja
古早文字燒
（早期只有基本配料的文字燒）

明太子

me.n.ta.i.ko
明太子

烏賊

i.ka
花枝

シーフード

shi.i.fu.u.do
海鮮

※ 一般來說，不論是文字燒還是什錦燒，多採桌上自助烹調方式，如果對自己的手藝
　沒自信，跟店員説「作ってもらえますか」（< tsu.ku.t.te mo.ra.e.ma.su ka >；可以幫
　我做嗎）即可。

☆★旅遊小補帖

如何製作美味的文字燒

①鐵板燒熱後，放上適量的油。

②將材料舖放在鐵板上，湯汁留下備用。

③用鍋鏟將材料切碎並炒勻。

④熟後將材料圍成一個甜甜圈的形狀。

⑤將備用的湯汁倒入正中央。

⑥滾後拌勻即可。

いろいろ　りょうり　たの
色々な料理を楽しむ │ i.ro.i.ro.na ryo.o.ri o ta.no.shi.mu
│ 盡享各種美食

MP3
38

やきにく
焼肉　ya.ki.ni.ku；日式燒肉

┌─────────┐
│   │をください。
└─────────┘

┌─────────┐
│   │o ku.da.sa.i
└─────────┘

請給我　┌─────────┐　。
　　　　└─────────┘

不會説的
時候比這裡

にくるい
肉類（< ni.ku.ru.i >；肉類）

カルビ
ka.ru.bi
牛五花

ハラミ
ha.ra.mi
牛腹胸肉

タン
ta.n
牛舌

ロース
ro.o.su
牛里肌肉

じ どり　　にく
地鶏のもも肉
ji.do.ri no mo.mo.ni.ku
土雞腿肉

ピートロ
pi.i.to.ro
松坂豬肉

不會説的
時候比這裡
ホルモン（< ho.ru.mo.n >；內臟）

ミックス
mi.k.ku.su
綜合

じょう
上ミノ
jo.o.mi.no
上等毛肚

レバー
re.ba.a
（牛）肝

こぶちゃん
ko.bu.cha.n
牛小腸

※ 一般日式燒肉店若無特別註明，所提供的菜單多為牛肉。

┌──────┐でお願いします。
│   │
└──────┘
┌──────┐de o ne.ga.i shi.ma.su
│   │
└──────┘
我要 ┌──────┐ 。

不會説的
時候比這裡

たれ（< ta.re >；醃醬）

しお **塩**	**たれ**	ねぎしお **葱塩**	み そ **味噌**
shi.o	ta.re	ne.gi shi.o	mi.so
鹽醬	燒烤醬	鹽蔥醬	味噌醬

不會説的
時候比這裡

や さい
野菜（< ya.sa.i >；蔬菜）

や さい も
野菜盛り
ya.sa.i mo.ri
綜合蔬菜盤

サンチュ
sa.n.chu
韓國西生菜

ナムル
na.mu.ru
韓國拌菜

チョレギサラダ
cho.re.gi sa.ra.da
韓式沙拉

美
食
篇

きのこのバター焼き

ki.no.ko no ba.ta.a.ya.ki
奶油烤綜合菇類

オイキムチ

o.i.ki.mu.chi
小黃瓜泡菜

キムチ

ki.mu.chi
泡菜

カクテキ

ka.ku.te.ki
白蘿蔔泡菜

不會説的
時候比這裡

その他（< so.no ta>；其他）

ホタテのバター焼き

ho.ta.te no ba.ta.a.ya.ki
奶油烤扇貝

にんにく焼き

ni.n.ni.ku.ya.ki
烤蒜頭

ウインナー

wu.i.n.na.a
西式香腸

クッパ

ku.p.pa
韓國泡飯

チゲ

chi.ge
韓國泡菜鍋

スンドゥブ

su.n.du.bu
韓國豆腐鍋

サムゲタン

sa.mu.ge.ta.n
蔘雞湯

冷麺

re.e.me.n
韓國冷麵

石焼きビビンバ

i.shi.ya.ki bi.bi.n.ba
石鍋拌飯

換張烤網更健康！

　　需要更換烤網可說「網を替えてくだ
さい」（＜a.mi o ka.e.te ku.da.sa.i＞；請幫我
換烤網）。在日本大部份都可免費更換烤
網，不過也有一些店家收費，要確認是否收費可說「網替えは有
料ですか」（＜a.mi.ga.e wa yu.u.ryo.o de.su ka＞；換烤網要收費嗎）
即可。

美食篇

いろいろ りょう り たの
色々な料理を楽しむ | i.ro.i.ro.na ryo.o.ri o ta.no.shi.mu
盡享各種美食

ようしょく
洋食 yo.o.sho.ku；洋食

＿＿＿＿をください。

＿＿＿＿o ku.da.sa.i

請給我 ＿＿＿＿ 。

不會説的
時候比這裡

エビフライ e.bi fu.ra.i 炸蝦		**オムライス** o.mu.ra.i.su 蛋包飯	
カキフライ ka.ki fu.ra.i 炸牡蠣		**カレーライス** ka.re.e ra.i.su 咖哩飯	
グラタン gu.ra.ta.n 奶油焗烤		**クリームシチュー** ku.ri.i.mu shi.chu.u 奶油濃湯	
コロッケ ko.ro.k.ke 可樂餅		**スパゲッティ** su.pa.ge.t.ti 義大利麵	
ドリア do.ri.a 奶油焗飯		**ハヤシライス** ha.ya.shi ra.i.su 日式燉牛肉飯	

ビーフシチュー

bi.i.fu shi.chu.u
牛肉濃湯

ローストビーフ

ro.o.su.to bi.i.fu
烤牛肉

・・・・・・・・・・・・・・・・・・・・・・・・

はどちらになさいますか。

wa do.chi.ra ni na.sa.i.ma.su ka

您要選哪一種 ？

不會説的
時候比這裡

サラダ

sa.ra.da
沙拉

お飲み物

o no.mi.mo.no
飲料

デザート

de.za.a.to
甜點

・・・・・・・・・・・・・・・・・・・・・・・・

☆★旅遊小補帖

怎麼追加甜點？

　　日本洋食多附有沙拉、飲料或甜點。雖然有些餐廳必須另外加價，但大致上都比單點便宜很多，若想另外加點，可用「～付きでお願いします」（< ～ tsu.ki de o ne.ga.i shi.ma.su >；我要另加～）來表達。

色々な料理を楽しむ | i.ro.i.ro.na ryo.o.ri o ta.no.shi.mu
いろいろ りょう り たの | 盡享各種美食

MP3
40

和風茶寮 wa.fu.u sa.ryo.o；和風茶寮
わ ふう さ りょう

☐☐☐☐ をください。

☐☐☐☐ o ku.da.sa.i

請給我 ☐☐☐☐ 。

不會說的
時候比這裡

 和菓子 （< wa.ga.shi >；和菓子 ）
わ が し

あんみつ

a.n.mi.tsu
蜜豆

葛きり
くず

ku.zu.ki.ri
葛粉條

葛餅
くずもち

ku.zu.mo.chi
葛餅（用葛粉與砂糖製成的半透明和菓子，因看起來有清涼
感，日本人很喜歡在夏天享用。）

生菓子
なま が し

na.ma.ga.shi
生和菓子（含水量較高的和菓子，如包有豆餡的麻糬或羊
羹等等）

蕨餅
わらびもち

wa.ra.bi.mo.chi
蕨餅（用蕨粉和砂糖製成的透明和菓子，一般會沾黃豆粉
和黑蜜食用）

桜餅
さくらもち

sa.ku.ra.mo.chi
櫻花麻糬

豆かん
まめ

ma.me.ka.n
蜜豌豆洋菜凍

柏餅
かしわもち

ka.shi.wa.mo.chi
柏餅（槲櫟葉包的麻糬）

豆大福
まめだいふく

ma.me.da.i.fu.ku
豆大福（糯米外皮攙有紅豌豆的紅豆沙麻糬）

不會說的時候比這裡

飲み物（< no.mi.mo.no >；飲料）
の　　もの

抹茶	緑茶	煎茶	ほうじ茶
まっちゃ	りょくちゃ	せんちゃ	ちゃ
ma.c.cha	ryo.ku.cha	se.n.cha	ho.o.ji.cha
抹茶	綠茶	煎茶	焙茶

☆★旅遊小補帖

和洋融合的「和風 Café」

　　除了虎屋、都路里、梅園這些老字號的和風茶寮，近年來日本也流行像「nana's green tea」這種融合西式 Café 要素的和風 Café，不僅價格更為親民，也提供營養均衡的簡餐，若想歇腳補充元氣，和風 Café 也是不錯的選擇。

MP3 41

カフェ　ka.fe；咖啡廳

▢▢▢▢▢をください。

▢▢▢▢▢ o ku.da.sa.i

請給我▢▢▢▢。

不會說的
時候比這裡

スイーツ（< su.i.i.tsu >；甜點）

パフェ
pa.fe
聖代

クレープ
ku.re.e.pu
可麗餅

ワッフル
wa.f.fu.ru
格子鬆餅

ショートケーキ
sho.o.to ke.e.ki
草莓奶油蛋糕

ミルフィーユ
mi.ru.fi.i.yu
千層派

タルト
ta.ru.to
塔

モンブラン
mo.n.bu.ra.n
蒙布朗

クレームブリュレ
ku.re.e.mu bu.ryu.re
焦糖烤布蕾

ババロア
ba.ba.ro.a
巴巴露亞

不會說的
時候比這裡

飲み物（の）（もの）（< no.mi.mo.no >；飲料）

ブレンドコーヒー
bu.re.n.do ko.o.hi.i
特調咖啡

カフェラテ
ka.fe ra.te
拿鐵

カプチーノ
ka.pu.chi.i.no
卡布奇諾

エスプレッソ
e.su.pu.re.s.so
濃縮咖啡

ハーブティー
ha.a.bu ti.i
花草茶

キャラメル
マキアート
kya.ra.me.ru ma.ki.a.a.to
焦糖瑪奇朵

抹茶ラテ（まっちゃ）
ma.c.cha ra.te
抹茶拿鐵

ロイヤル
ミルクティー
ro.i.ya.ru mi.ru.ku.ti.i
皇家奶茶

カフェモカ
ka.fe mo.ka
摩卡咖啡

※ 若要表示冰的或熱的，在飲料名前加上「アイス」（< a.i.su >；冰）、「ホット」（< ho.t.to >；熱）即可。

美食篇

いろいろ りょうり たの
色々な料理を楽しむ | i.ro.i.ro.na ryo.o.ri o ta.no.shi.mu
盡享各種美食

MP3
42

ファーストフード　fa.a.su.to fu.u.do；速食

てんない め あ
店内でお召し上がりですか。
te.n.na.i de o me.shi.a.ga.ri de.su ka
請問在店內用嗎？

はい。
ha.i
是的。

いいえ、持ち帰りで。
も かえ
i.i.e mo.chi.ka.e.ri de
不，帶走。

☐☐☐☐☐☐をください。

☐☐☐☐☐☐ o ku.da.sa.i

請給我 ☐☐☐☐☐ 。

不會説的
時候比這裡

ハンバーガー（ ha.n.ba.a.ga.a ＞；漢堡 ）

チーズバーガー

chi.i.zu ba.a.ga.a
起士漢堡

海老バーガー
えび

e.bi ba.a.ga.a
蝦肉漢堡

チキンバーガー

chi.ki.n ba.a.ga.a
香雞堡

フィッシュバーガー

fi.s.shu ba.a.ga.a
魚肉漢堡

サイドメニュー（< sa.i.do me.nyu.u >；副餐）

フライドポテト
fu.ra.i.do po.te.to
炸薯條

フライドチキン
fu.ra.i.do chi.ki.n
炸雞

チキンナゲット
chi.ki.n na.ge.t.to
炸雞塊

ドリンク（< do.ri.n.ku >；飲料）

コーラ
ko.o.ra
可樂

オレンジジュース
o.re.n.ji ju.u.su
柳橙汁

ミックスジュース
mi.k.ku.su ju.u.su
綜合果汁

ジンジャーエール
ji.n.ja.a.e.e.ru
薑汁汽水

シェイク
she.e.ku
奶昔

メロンソーダ
me.ro.n so.o.da
哈密瓜汽水

美食篇

觀光娛樂篇

詢問	報名	問路
購票	在觀光區	遊樂園
溫泉		

MP3 43

たずねる ta.zu.ne.ru；詢問

`____` をもらってもいいですか。

`____` o mo.ra.t.te mo i.i de.su ka

我可以拿 `____` 嗎？

不會説的
時候比這裡
かんこうあんないじょ
観光案内所で（< ka.n.ko.o a.n.na.i.jo de >；在觀光諮詢中心）

あんない
案内パンフレット
a.n.na.i pa.n.fu.re.t.to
導覽手冊

かんこう ち ず
観光地図
ka.n.ko.o chi.zu
觀光地圖

じ こくひょう
時刻表
ji.ko.ku.hyo.o
時刻表

でんしゃ ろ せん ず
電車路線図
de.n.sha ro.se.n.zu
電車路線圖

ちゅうごく ご ばん
中国語版はありますか。
chu.u.go.ku.go ba.n wa a.ri.ma.su ka
有中文版嗎？

何^{なに}かおすすめの ☐ はありますか。

na.ni ka o su.su.me no ☐ wa a.ri.ma.su ka

有什麼推薦的 ☐ 嗎？

不會説的
時候比這裡

観光^{かんこう}スポット

ka.n.ko.o su.po.t.to

觀光景點

レストラン

re.su.to.ra.n

餐廳

おみやげ

o mi.ya.ge

土産

地元料理^{じ もとりょう り}

ji.mo.to ryo.o.ri

當地料理

宿泊^{しゅくはく}の予約^{よ やく}はまだ取^とっていないんですが、

おすすめの ☐ はありますか。

shu.ku.ha.ku no yo.ya.ku wa ma.da to.t.te i.na.i n de.su ga

o su.su.me no ☐ wa a.ri.ma.su ka

我住宿還沒預約，有推薦的 ☐ 嗎？

不會説的
時候比這裡

民宿^{みんしゅく}

mi.n.shu.ku

民宿

ホテル

ho.te.ru

飯店

温泉旅館^{おんせんりょかん}

o.n.se.n ryo.ka.n

溫泉旅館

MP3 44

申し込み もう こ mo.o.shi.ko.mi ; 報名

☐☐☐☐ ツアーはありますか。

☐☐☐☐ tsu.a.a wa a.ri.ma.su ka

有 ☐☐☐☐ 行程嗎？

不會説的
時候比這裡

日帰り ひ がえ
hi.ga.e.ri
當天來回

半日の はんにち
ha.n.ni.chi no
半天的

一泊二日の いっぱくふつ か
i.p.pa.ku fu.tsu.ka no
兩天一夜的

登山 と ざん
to.za.n
登山

温泉 おんせん
o.n.se.n
溫泉

紅葉 こうよう
ko.o.yo.o
賞楓

お花見 はな み
o ha.na.mi
賞花

スキー
su.ki.i
滑雪

＿＿＿を見学^{けんがく}するツアーはありますか。

＿＿＿ o ke.n.ga.ku.su.ru tsu.a.a wa a.ri.ma.su ka

有參觀 ＿＿＿ 的行程嗎？

不會說的
時候比這裡

神社^{じんじゃ}

ji.n.ja
神社

お寺^{てら}

o te.ra
寺廟

国会^{こっかい}

ko.k.ka.i
國會

皇居^{こうきょ}

ko.o.kyo
皇居

そのツアーはどこを回^{まわ}りますか。
so.no tsu.a.a wa do.ko o ma.wa.ri.ma.su ka
那個行程繞哪些地方？

所要時間^{しょようじかん}はどのくらいですか。
sho.yo.o ji.ka.n wa do.no ku.ra.i de.su ka
需要多少時間呢？

ツアー料金^{りょうきん}に＿＿＿は含^{ふく}まれていますか。

tsu.a.a ryo.o.ki.n ni ＿＿＿ wa fu.ku.ma.re.te i.ma.su ka

團費裡包括 ＿＿＿ 嗎？

不會說的
時候比這裡

食事料金^{しょくじりょうきん}

sho.ku.ji ryo.o.ki.n
餐費

入場料^{にゅうじょうりょう}

nyu.u.jo.o.ryo.o
入場費

にゅうよくりょう
入浴料

nyu.u.yo.ku.ryo.o
溫泉或公共澡堂的入浴費

ほ けんりょう
保険料

ho.ke.n.ryo.o
保險費

げん ち かいさん
現地解散できますか。
ge.n.chi ka.i.sa.n de.ki.ma.su ka
可以當地解散嗎？

さん か
このツアーに参加します。
ko.no tsu.a.a ni sa.n.ka.shi.ma.su
我要參加這個行程。

しゅうごう ば しょ
集合場所はどこですか。
shu.u.go.o ba.sho wa do.ko de.su ka
集合地點在哪裡？

なん じ
□□□ **は何時ですか。**

□□□ wa na.n.ji de.su ka

□□□ 是什麼時候？

不會說的
時候比這裡

しゅうごう
集合
shu.u.go.o
集合

しゅっぱつ
出発
shu.p.pa.tsu
出發

かいさん
解散
ka.i.sa.n
解散

しょく じ
食事
sho.ku.ji
用餐

道をたずねる mi.chi o ta.zu.ne.ru ；問路

この地図だと今はどの辺りにいますか。
ko.no chi.zu da.to i.ma wa do.no a.ta.ri ni i.ma.su ka
就這個地圖來説，現在是在哪裡？

〜に行きたいんですが、ここから □□□ か。
〜 ni i.ki.ta.i n de.su ga ko.ko ka.ra □□□ ka
我想去〜，離（從）這裡 □□□ 嗎？

不會説的時候比這裡

近いです
chi.ka.i de.su
近

遠いです
to.o.i de.su ka
遠

歩いて行けます
a.ru.i.te i.ke.ma.su
可以用走的

すぐそこですよ。
su.gu so.ko de.su yo
就在那裡喔。

歩いて〜分ぐらいです。
a.ru.i.te 〜 fu.n gu.ra.i de.su
走路大概〜分鐘。

□□□ で行ったほうがいいですか。
□□□ de i.t.ta ho.o ga i.i de.su ka
搭 □□□ 比較好嗎？

不會説的時候比這裡

バス
ba.su
巴士

電車
de.n.sha
電車

地下鉄
chi.ka.te.tsu
地下鐵

觀光娛樂篇

147

い   い
〜に行きたいんですが、どう行けばいいですか。
〜 ni i.ki.ta.i n de.su ga do.o i.ke.ba i.i de.su ka
我想去〜，怎麼去好呢？

□□□	いいですか。
□□□	i.i de.su ka
□□□	就可以了嗎？

不會説的
時候比這裡

い
まっすぐ行けば

ma.s.su.gu i.ke.ba
直走

みぎ ま
右に曲がれば

mi.gi ni ma.ga.re.ba
向右轉

ひだり ま
左に曲がれば

hi.da.ri ni ma.ga.re.ba
向左轉

ひと ふた みっ   め かど ま
１（２／３）つ目の角を曲がれば

hi.to(fu.ta/mi.t).tsu.me no ka.do o ma.ga.re.ba
在第一（二／三）個轉角轉彎

どうろ   わた
道路を渡れば

do.o.ro o wa.ta.re.ba
過馬路

ひ   かえ
引き返せば

hi.ki.ka.e.se.ba
往回走

か
ここに書いていただけませんか。
ko.ko ni ka.i.te i.ta.da.ke.ma.se.n ka
能不能請您幫我畫在這裡？

私もよくわからないんですが……。
wa.ta.shi mo yo.ku wa.ka.ra.na.i n de.su ga
我也不是很清楚……。

私も同じ方向なので、一緒に行きましょう。
wa.ta.shi mo o.na.ji ho.o.ko.o.na no.de i.s.sho ni i.ki.ma.sho.o
因為我也是同方向，一起走吧。

～は 建物か施設 の 方向、位置 にあります。
～ wa [　　　] no [　　　] ni a.ri.ma.su
～在 建築或設施 的 方向、位置 。

不會説的
時候比這裡

建物（< ta.te.mo.no >；建築物）、施設（< shi.se.tsu >；設施）

信号

shi.n.go.o
紅綠燈

横断歩道

o.o.da.n.ho.do.o
斑馬線

陸橋
ri.k.kyo.o
天橋

交差点

ko.o.sa.te.n
交叉口

橋

ha.shi
橋

交番

ko.o.ba.n
派出所

踏切

fu.mi.ki.ri
平交道

ビル

bi.ru
大樓

コンビニ

ko.n.bi.ni
便利商店

ガソリンスタンド

ga.so.ri.n su.ta.n.do
加油站

郵便局
ゆうびんきょく

yu.u.bi.n.kyo.ku
郵局

銀行
ぎんこう

gi.n.ko.o
銀行

郵便ポスト
ゆうびん

yu.u.bi.n po.su.to
郵筒

電柱
でんちゅう

de.n.chu.u
電線桿

看板
かんばん

ka.n.ba.n
招牌

街灯
がいとう

ga.i.to.o
路燈

不會説的
時候比這裡

方向
ほうこう

（＜ ho.o.ko.o ＞；方向）、 ## 位置
いち
（＜ i.chi ＞；位置 ）

近く
ちか

chi.ka.ku
附近

隣り
とな

to.na.ri
旁邊

向こう
む

mu.ko.o
對面

裏
うら

u.ra
後面

突き当り
つ あた

tsu.ki.a.ta.ri
盡頭

チケットを買う chi.ke.t.to o ka.u；購票

┌─────────┐
│   │ はどこですか。
│   │ wa do.ko de.su ka
│   │ 在哪裡？
└─────────┘

不會說的
時候比這裡

 チケット売り場
chi.ke.t.to u.ri.ba
售票處

入口
i.ri.gu.chi
入口

出口
de.gu.chi
出口

エレベーター
e.re.be.e.ta.a
電梯

サービスカウンター
sa.a.bi.su ka.u.n.ta.a
服務櫃檯

お忘れ物 承り所
o wa.su.re.mo.no
u.ke.ta.ma.wa.ri.jo
失物招領處

手荷物預かり所
te.ni.mo.tsu a.zu.ka.ri.jo
寄物處

まい
〜枚をください。

〜 ma.i o ku.da.sa.i

請給我 〜張。

不會説的
時候比這裡

いろいろ
色々なチケット (< i.ro.i.ro.na chi.ke.t.to >;各式各樣的票券)

おとな
大人

o.to.na
全票

こども
子供

ko.do.mo
兒童票

ようじ
幼児

yo.o.ji
幼童票

シニア

shi.ni.a
老人票

にゅうじょうけん
入場券

nyu.u.jo.o.ke.n
入場券

にゅうえんけん
入園券

nyu.u.e.n.ke.n
入園券

パスポート

pa.su.po.o.to
通用券(護照)

や かん
夜間チケット

ya.ka.n chi.ke.t.to
星光票

りょうけん
利用券

ri.yo.o.ke.n
使用券

の ものけん
乗り物券

no.ri.mo.no.ke.n
遊樂券(遊樂設
施的使用券)

とうじつけん
当日券

to.o.ji.tsu.ke.n
當日券

まえ う けん
前売り券

ma.e.u.ri.ke.n
預售票

MP3
47

観光地で ka.n.ko.o.chi de；在觀光區

かんこう ち

	いいですか。
	i.i de.su ka
可以	嗎？

不會說的
時候比這裡

写真を撮っても
しゃしん と

sha.shi.n o to.t.te mo
拍照

一緒に写真を撮っても
いっしょ しゃしん と

i.s.sho ni sha.shi.n o to.t.te mo
一起拍照

フラッシュを使っても
つか

fu.ra.s.shu o tsu.ka.t.te mo
使用鎂光燈

また入っても
はい

ma.ta ha.i.t.te mo
再入場

三脚を使っても
さんきゃく つか

sa.n.kya.ku o tsu.ka.t.te mo
使用腳架

タバコを吸っても
す

ta.ba.ko o su.t.te mo
抽菸

観光娛樂篇

153

公共場所常見的標語

　　下面介紹的是日本公共場所常見的各種提醒、禁止標示，注意一下，不僅能確保自身安全，也能做個受歡迎的觀光客喔。

写真撮影禁止 sha.shi.n sa.tsu.e.e ki.n.shi 禁止拍照攝影	**フラッシュ禁止** fu.ra.s.shu ki.n.shi 禁止使用鎂光燈
飲食禁止 i.n.sho.ku ki.n.shi 禁止飲食	**火気厳禁** ka.ki.ge.n.ki.n 嚴禁菸火
頭上注意 zu.jo.o chu.u.i 注意頭上	**足元注意** a.shi.mo.to chu.u.i 注意腳步
立入禁止 ta.chi.i.ri ki.n.shi 禁止入內	**触らないでください** sa.wa.ra.na.i.de ku.da.sa.i 請勿碰觸
ポイ捨て禁止 po.i.su.te ki.n.shi 禁止亂丟垃圾	**柵内に入らないでください** sa.ku.na.i ni ha.i.ra.na.i de ku.da.sa.i 請勿進入欄內
ハトの糞にご注意ください ha.to no fu.n ni go chu.u.i ku.da.sa.i 請注意鴿子糞	**一脚、三脚使用禁止** i.k.kya.ku sa.n.kya.ku shi.yo.o ki.n.shi 禁止使用腳架

遊園地
ゆうえん ち

yu.u.e.n.chi；遊樂園

はいつからですか。

wa i.tsu ka.ra de.su ka

是從什麼時候開始呢？

*不會説的
時候比這裡*

入園 にゅうえん	パレード	開演 かいえん
nyu.u.e.n	pa.re.e.do	ka.i.e.n
入園	遊行	開演

入場 にゅうじょう	花火 はな び	
nyu.u.jo.o	ha.na.bi	
入場	煙火	

このアトラクションは 　　　　 制限がありますか。
せいげん

ko.no a.to.ra.ku.sho.n wa 　　　　 se.e.ge.n ga a.ri.ma.su ka

這個遊樂設施有 　　　　 的限制嗎？

*不會説的
時候比這裡*

身長 しんちょう	年齢 ねんれい	体重 たいじゅう
shi.n.cho.o	ne.n.re.e	ta.i.ju.u
身高	年齡	體重

□□□ はどこですか

□□□ wa do.ko de.su ka

□□□ 在哪裡？

不會説的
時候比這裡

かんらんしゃ
観覧車
ka.n.ra.n.sha
摩天輪

ば やしき
お化け屋敷
o ba.ke.ya.shi.ki
鬼屋

コーヒーカップ
ko.o.hi.i ka.p.pu
旋轉咖啡杯

ジェットコースター
je.t.to ko.o.su.ta.a
雲霄飛車

ぜっきょう
絶叫マシン
ze.k.kyo.o ma.shi.n
自由落體

ゴーカート
go.o.ka.a.to
賽車

ユーフォー
UFO キャッチャー
yu.u.fo.o kya.c.cha.a
抓娃娃機

メリーゴーランド
me.ri.i go.o.ra.n.do
旋轉木馬

☆★旅遊小補帖

日本的國定假日

　　和台灣一樣，日本要是碰到連休，特別是黃金週休（四月底五月初）、白銀週休（九月中下旬）或中元節（八月中旬）等大型連休，各處的商業設施和觀光勝地總是擠滿人潮，建議在安排旅程時列入考量。

日期	節日名稱	中文
一月一日	元日 < ga.n.ji.tsu >	元旦
一月第二個星期一	成人の日 < se.e.ji.n no hi >	成人節
二月十一日	建国記念の日 < ke.n.ko.ku.ki.ne.n no hi >	建國紀念日
三月廿一日	春分の日 < shu.n.bu.n no hi >	春分
四月廿九日	昭和の日 < sho.o.wa no hi >	昭和日
五月三日	憲法記念日 < ke.n.po.o ki.ne.n.bi >	憲法紀念日
五月四日	みどりの日 < mi.do.ri no hi >	綠化節
五月五日	こどもの日 < ko.do.mo no hi >	兒童節
七月第三個星期一	海の日 < u.mi no hi >	海洋節
九月第三個星期一	敬老の日 < ke.e.ro.o no hi >	敬老節
九月廿二日	国民の休日 < ko.ku.mi.n no kyu.u.ji.tsu >	國民休息日
九月廿三日	秋分の日 < shu.u.bu.n no hi >	秋分
十月第二個星期一	体育の日 < ta.i.i.ku no hi >	體育節
十一月三日	文化の日 < bu.n.ka no hi >	文化節
十一月廿三日	勤労感謝の日 < ki.n.ro.o ka.n.sha no hi >	勤勞感謝日
十二月廿三日	天皇誕生日 < te.n.no.o ta.n.jo.o.bi >	天皇誕辰

★橘色區塊為黃金週休，灰色區塊為白銀週休。

觀光娛樂篇

157

MP3
49

おんせん
温泉 o.n.se.n；溫泉

□□□□□ はどこですか
□□□□□ wa do.ko de.su ka
□□□□□ 在哪裡？

不會説的
時候比這裡

おとこ ゆ
男湯
o.to.ko.yu
男性浴室

おんな ゆ
女湯
o.n.na.yu
女性浴室

はだか
裸ゾーン
ha.da.ka zo.o.n
裸身區

みず ぎ
水着ゾーン
mi.zu.gi zo.o.n
泳衣區

だつ い じょ
脱衣所
da.tsu.i.jo
更衣處

こ しつ ぶ ろ
個室風呂
ko.shi.tsu bu.ro
個人池

げ た ばこ
下駄箱
ge.ta.ba.ko
置鞋櫃

きゅうけいしつ
休憩室
kyu.u.ke.e.shi.tsu
休息室

ふ ろ　なんじ　　　つか
お風呂は何時まで使えますか。
o fu.ro wa na.n.ji ma.de tsu.ka.e.ma.su ka
澡堂可以使用到幾點呢？

のレンタルはありますか。

no re.n.ta.ru wa a.ri.ma.su ka

有租借 [　　　] 嗎？

不會說的
時候比這裡

タオル
ta.o.ru
毛巾

水着
みず ぎ
mi.zu.gi
泳衣

館内着
かんない ぎ
ka.n.na.i.gi
館內輕便的服裝

浴衣
ゆかた
yu.ka.ta
浴衣（日式簡便和服）

☆★旅遊小補帖

方便貼心的條碼手環

在日本的溫泉主題樂園或大型澡堂辦理入場手續之後，都會發給一人一個標有條碼的手環，不論是按摩、做臉還是用餐，只要感應條碼，在出場時一起結算付費即可，既方便又不必擔心錢包遺失。

觀光娛樂篇

□□□□ をお願したいんですが……。

□□□□ o o ne.ga.i shi.ta.i n de.su ga

我想要 □□□□ 。

不會說的
時候比這裡

マッサージ
ma.s.sa.a.ji
按摩

あかすり
a.ka.su.ri
全身去角質

フェイシャルエステ
fe.e.sha.ru e.su.te
做臉

ネイル
ne.e.ru
做指甲

アロマエステ
a.ro.ma e.su.te
精油芳療

どのコースにしますか。
do.no ko.o.su ni shi.ma.su ka
要做哪個療程呢？

□□□□ にします。

□□□□ ni shi.ma.su

我要 □□□□ 。

不會說的
時候比這裡

全身コース
ぜんしん
ze.n.shi.n ko.o.su
全身療程

半身コース
はんしん
ha.n.shi.n ko.o.su
半身療程

毛穴ケア
け あな
ke.a.na ke.a
毛細孔保養

角質コース
かくしつ
ka.ku.shi.tsu ko.o.su
去角質療程

フットケア
fu.t.to ke.a
腳部保養

肩首コース
かたくび
ka.ta.ku.bi ko.o.su
肩頸療程

足裏コース
あしうら
a.shi.u.ra ko.o.su
腳底療程

クイックコース
ku.i.k.ku ko.o.su
快速療程

30分コース
さんじゅっ ぷん
sa.n.ju.p.pu.n ko.o.su
30分鐘療程

1時間コース
いち じ かん
i.chi.ji.ka.n ko.o.su
1小時療程

ハンドケア
ha.n.do ke.a
手部保養

ネイルケア
ne.e.ru ke.a
指甲保養

購物篇

か もの | ka.i.mo.no
買い物 | 購物

MP3
50

ねだん き しはら
値段を聞く・支払う ne.da.n o ki.ku shi.ha.ra.u；詢問價錢・付錢

これはいくらですか。
ko.re wa i.ku.ra de.su ka
這個多少錢？

これをください。
ko.re o ku.da.sa.i
請給我這個。

ポイントカードをお持ちですか。
po.i.n.to ka.a.do o o mo.chi de.su ka
請問您有集點卡嗎？

はい。
ha.i
有。

いいえ。
i.i.e
沒有。

つく
ポイントカードをお作りしますか。
po.i.n.to ka.a.do o o tsu.ku.ri shi.ma.su ka
要不要辦集點卡？

ねが
はい、お願いします。
ha.i o ne.ga.i shi.ma.su
好，麻煩你。

けっこう
いいえ、結構です。
i.i.e ke.k.ko.o de.su
不，不用了。

☆★旅遊小補帖

利用集點卡省下開銷

　　日本有很多商店都有自家的集點卡，因此在付錢之前都會問您有沒有，雖然大部分的集點卡都必須即滿多少點以上才有優惠，對觀光客來說實惠不大，不過如果是大量購買或是和朋友一起結帳，也是不錯的省錢方法。

〇〇〇〇〇〇〇〇〇 もらえますか。

〇〇〇〇〇〇〇〇〇 mo.ra.e.ma.su ka

可以幫（給）我 〇〇〇〇〇〇〇〇 ？

不會說的
時候比這裡

プレゼント用に包んで

pu.re.ze.n.to yo.o ni
tsu.tsu.n.de
包裝成禮品

別々に包んで

be.tsu.be.tsu ni tsu.tsu.n.de
分開包裝

小分け用の袋を

ko.wa.ke yo.o no fu.ku.ro o
分裝的小袋子

カードでお願いします。

ka.a.do de o ne.ga.i shi.ma.su
我要刷卡。

お支払いはどうなさいますか。

o shi.ha.ra.i wa do.o na.sa.i.ma.su ka
您要怎麼付款呢？

□□□ でお願いします。

□□□ de o ne.ga.i shi.ma.su

我要 □□□ 。

不會說的
時候比這裡

一括払い
i.k.ka.tsu.ba.ra.i
一次付清

分割払い
bu.n.ka.tsu.ba.ra.i
分期付款

6 回払い
ro.k.ka.i.ba.ra.i
分 6 期付款

12 回払い
ju.u.ni.ka.i.ba.ra.i
分 12 期付款

3 回払い
sa.n.ka.i.ba.ra.i
分 3 期付款

※ 有很多信用卡在國外消費只能一次付清，詳細請洽詢使用的信用卡公司。

お支払いはご一括のみとさせていただきます。
o shi.ha.ra.i wa go i.k.ka.tsu no.mi to sa.se.te i.ta.da.ki.ma.su
我們僅提供一次付清服務。

値段の交渉 ne.da.n no ko.o.sho.o；議價

わりびき
割引はありますか。
wa.ri.bi.ki wa a.ri.ma.su ka
有折扣嗎？

すこ　　　やす
もう少し安くできますか。
mo.o su.ko.shi ya.su.ku de.ki.ma.su ka
能再便宜點嗎？

か
いっぱい買いますから、まけてくれませんか。
i.p.pa.i ka.i.ma.su ka.ra ma.ke.te ku.re.ma.se.n ka
我會買很多，所以可不可以算便宜點？

もと
いくつお求めになりますか。
i.ku.tsu o mo.to.me ni na.ri.ma.su ka
您要買多少呢？

しょう　ひ ぜい　　はら　　もど
消費税の払い戻しはできますか。
sho.o.hi.ze.e no ha.ra.i.mo.do.shi wa de.ki.ma.su ka
可以退消費稅嗎？

☆★旅遊小補帖

講價與退稅

　　就日本免稅的規定，只要在單一店內購買像食品、藥品、美妝、菸酒等消耗品（回國前不能拆開或使用）滿 5,001 日圓（不含稅）以上，或家電、服飾、包包等一般品滿 10,001（不含稅）日圓以上（可拆開使用），就可以拿著護照和該店收據前往指定櫃台辦理退稅，領回 8% 的消費稅。不過要注意的是並非所有的店家都可以退稅，有提供退稅服務的店家都會標示「Tax Refund」或「Tax Free」的標記。

購物篇 appears in the side tab
購物篇

買い物 | ka.i.mo.no
購物

不良品・返品・交換
fu.ryo.o.hi.n he.n.pi.n ko.o.ka.n；不良品・退貨・換貨

昨日ここで買ったんですが、□□□□□んです。

ki.no.o ko.ko de ka.t.ta n de.su ga □□□□□ n de.su

昨天在這裡買的，□□□□□。

不會説的時候比這裡

動かない
u.go.ka.na.i
不能動

壊れていた
ko.wa.re.te i.ta
是壞的

すぐ壊れてしまった
su.gu ko.wa.re.te shi.ma.t.ta
馬上就壞了

汚れが付いている
yo.go.re ga tsu.i.te i.ru
有污漬

部品が足りない
bu.hi.n ga ta.ri.na.i
零件不足

サイズが合わない
sa.i.zu ga a.wa.na.i
尺寸不合

返品できますか。
he.n.pi.n de.ki.ma.su ka
可以退貨嗎？

新しいのと交換したいんですが……。
a.ta.ra.shi.i no to ko.o.ka.n.shi.ta.i n de.su ga
我想換新的……。

レシートをお持ちですか。
re.shi.i.to o o mo.chi de.su ka
您有帶收據嗎？

服を買う fu.ku o ka.u；買衣服

いらっしゃいませ、どうぞご覧ください。
i.ra.s.sha.i.ma.se do.o.zo go.ra.n ku.da.sa.i
歡迎光臨，請慢慢看。

何かお探しですか。
na.ni ka o sa.ga.shi de.su ka
請問需要些什麼呢？

見ているだけです。
mi.te i.ru da.ke de.su
只是看看。

□□□□ を探しています。
□□□□ o sa.ga.shi.te i.ma.su
我在找 □□□□ 。

不會說的
時候比這裡

コート
ko.o.to
大衣

ジャケット
ja.ke.t.to
外套

カーディガン
ka.a.di.ga.n
針織外套

ワンピース
wa.n.pi.i.su
連身洋裝

スーツ
su.u.tsu
套裝

セーター
se.e.ta.a
毛衣

シャツ
sha.tsu
襯衫

ブラウス
bu.ra.u.su
女用上衣

T シャツ
ti.i.sha.tsu
T 恤

不會説的
時候比這裡

ポロシャツ
po.ro.sha.tsu
Polo 衫

スカート
su.ka.a.to
裙子

ジーンズ
ji.i.n.zu
牛仔褲

ズボン
zu.bo.n
褲子

ストッキング
su.to.k.ki.n.gu
絲襪

靴下
ku.tsu.shi.ta
襪子

レギンス
re.gi.n.su
內搭褲

ベルト
be.ru.to
皮帶、腰帶

ストール
su.to.o.ru
披肩

マフラー
ma.fu.ra.a
圍巾（禦寒用）

スカーフ
su.ka.a.fu
絲巾、圍巾（裝飾用）

手袋
te.bu.ku.ro
手套

ニット帽
ni.t.to bo.o
毛線帽

ネクタイ
ne.ku.ta.i
領帶

水着
mi.zu.gi
泳衣

パンツ
pa.n.tsu
內褲

ブラジャー
bu.ra.ja.a
胸罩

下着
shi.ta.gi
內衣褲

パジャマ
pa.ja.ma
睡衣

:::::::::::::: を見せてもらえますか。

:::::::::::::: o mi.se.te mo.ra.e.ma.su ka

可以讓我看看 :::::::::::::: 嗎？

不會說的
時候比這裡

あれ

a.re
那個

ショーウィンドウに飾ってあるもの

sho.o.wi.n.do.o ni ka.za.t.te a.ru mo.no
展示窗陳列的衣服

これの新品はありますか。

ko.re no shi.n.pi.n wa a.ri.ma.su ka
這個有新的嗎？

今、在庫をお調べしてまいりますので、
少々お待ちください。

i.ma za.i.ko o o shi.ra.be shi.te ma.i.ri.ma.su no.de
sho.o.sho.o o ma.chi ku.da.sa.i
我現在就去查庫存，請您稍等一下。

恐れ入りますが、現品のみになります。

o.so.re.i.ri.ma.su ga ge.n.pi.n no.mi ni na.ri.ma.su
很抱歉，只有現貨。

ほかのデザインはありますか。

ho.ka no de.za.i.n wa a.ri.ma.su ka
有其他設計嗎？

こちらはいかがですか。

ko.chi.ra wa i.ka.ga de.su ka
這個如何？

___ の方がいいです。
___ no ho.o ga i.i de.su
我要 ___ 的。

不會説的時候比這裡

タイプ（< ta.i.pu >；款式）

長袖
na.ga.so.de
長袖

半袖
ha.n.so.de
短袖

袖なし
so.de na.shi
無袖

長ズボン
na.ga.zu.bo.n
長褲

ショートパンツ
sho.o.to pa.n.tsu
短褲

V ネック
bu.i ne.k.ku
V 字領

タートルネック
ta.a.to.ru ne.k.ku
高領

丸首
ma.ru.ku.bi
圓領

ほかの色はありますか。
ho.ka no i.ro wa a.ri.ma.su ka
有其他顏色嗎？

申し訳ございません、この色のみです。
mo.o.shi.wa.ke go.za.i.ma.se.n ko.no i.ro no.mi de.su
很抱歉，只有這個顏色。

ほかには、〜色もあります。

ho.ka.ni wa 〜 i.ro mo a.ri.ma.su

其他還有〜色。

 各種顏色的
說法

色（< i.ro >；顏色）

黒
ku.ro
黑色

白 ○
shi.ro
白色

グレー
gu.re.e
灰色

茶色
cha i.ro
咖啡色

青色
a.o i.ro
藍色

緑色
mi.do.ri i.ro
綠色

赤色
a.ka i.ro
紅色

ベージュ ○
be.e.ju
米色

紫色
mu.ra.sa.ki i.ro
紫色

黄色
ki i.ro
黃色

水色
mi.zu i.ro
水藍色

ピンク色
pi.n.ku i.ro
粉紅色

金色
ki.n i.ro
金色

銀色
gi.n i.ro
銀色

オレンジ色
o.re.n.ji i.ro
橙色

紺色
ko.n i.ro
深藍色

カーキ色
ka.a.ki i.ro
卡其色

購物篇

違う柄はありますか。
chi.ga.u ga.ra wa a.ri.ma.su ka
有不同的花樣嗎？

　　　　　がすきです。

　　　　　ga su.ki de.su

我喜歡 　　　　　 。

不會説的
時候比這裡

柄（ <ga.ra >；花樣 ）

ストライプ
su.to.ra.i.pu
直條紋

豹柄
hyo.o ga.ra
豹紋

迷彩
me.e.sa.i
迷彩紋

チェック
che.k.ku
格紋

水玉
mi.zu.ta.ma
圓點

花柄
ha.na ga.ra
碎花紋

ボーダー
bo.o.da.a
横紋

無地
mu.ji
素色

薄い色
u.su.i i.ro
淺色

濃い色
ko.i i.ro
深色

明るい色
a.ka.ru.i i.ro
亮色

暗い色
ku.ra.i i.ro
暗色

これは水洗いできますか。
ko.re wa mi.zu.a.ra.i de.ki.ma.su ka
這個可以用水洗嗎？

この素材は何ですか。
ko.no so.za.i wa na.n de.su ka
這是什麼質料呢？

☐☐☐☐です。
☐☐☐☐ de.su
是 ☐☐☐☐ 。

各種材質的説法 | **素材** （< so.za.i >；材質）

ウール
u.u.ru
羊毛

コットン（綿）
ko.t.to.n （me.n）
棉

麻
a.sa
麻

シルク
shi.ru.ku
絲

カシミヤ
ka.shi.mi.ya
喀什米爾羊毛

ポリエステル
po.ri.e.su.te.ru
聚酯纖維

本革
ho.n.ga.wa
真皮

合皮
go.o.hi
合成皮革

これは何号ですか。
なんごう
ko.re wa na.n.go.o de.su ka
這是幾號？

No.	1122-720056-01	
Size	M	CD. 002004
Col.	デニム	
Qual.		
表地	綿	100
裏地	ポリエステル	100

⬜⬜⬜ サイズです。

⬜⬜⬜ sa.i.zu de.su

⬜⬜⬜ 。

各種尺寸的
說法

サイズ（< sa.i.zu >；尺寸）

エス
S
e.su
S

エム
M
e.mu
M

エル
L
e.ru
L

エックスエル
XL
e.k.ku.su e.ru
XL

エフ
F
e.fu
F（Free Size）

これを試着してもいいですか。
し ちゃく
ko.re o shi.cha.ku.shi.te mo i.i de.su ka
這件可以試穿嗎？

＿＿＿＿＿はどこですか。

wa do.ko de.su ka

在哪裡？

不會說的
時候比這裡

試着室
し ちゃくしつ

shi.cha.ku.shi.tsu
試衣間

鏡
かがみ

ka.ga.mi
鏡子

レジ

re.ji
結帳櫃檯

こちらへどうぞ。
ko.chi.ra e do.o.zo
請往這邊。

サイズはいかがですか。
sa.i.zu wa i.ka.ga de.su ka
大小可以嗎？

ちょうどいいです。
cho.o.do i.i de.su
剛剛好。

買い物 | ka.i.mo.no
購物

少し □□□□ と思いますが……。

su.ko.shi □□□□ to o.mo.i.ma.su ga

我覺得有點……。

不會說的
時候比這裡

きつい
ki.tsu.i
緊

ゆるい
yu.ru.i
鬆

大きい
o.o.ki.i
大

小さい
chi.i.sa.i
小

短い
mi.ji.ka.i
短

長い
na.ga.i
長

派手だ
ha.de da
花俏

地味だ
ji.mi da
樸素

もう少し <input> のはありますか。

mo.o su.ko.shi <input> no wa a.ri.ma.su ka

有再 <input> 一點的嗎？

不會説的
時候比這裡

大きい
o.o.ki.i
大

小さい
chi.i.sa.i
小

長い
na.ga.i
長

短い
mi.ji.ka.i
短

控えめな
hi.ka.e.me.na
保守

シンプルな
shi.n.pu.ru.na
簡單

明るい
a.ka.ru.i
亮

安い
ya.su.i
便宜

<input> ものはありますか。

<input> mo.no wa a.ri.ma.su ka

有 <input> 的嗎？

¥ 1190
サイズ
EUR XS S **M** L

不會説的
時候比這裡

ワンサイズ大きい
wa.n.sa.i.zu o.o.ki.i
大一號

ワンサイズ小さい
wa.n.sa.i.zu chi.i.sa.i
小一號

購物篇

☐☐☐ もらえますか。
☐☐☐ mo.ra.e.ma.su ka
可以幫我 ☐☐☐ 嗎？

不會說的
時候比這裡

裾上げして
すそ あ
su.so.a.ge.shi.te
下襬改短

丈を直して
たけ なお
ta.ke o na.o.shi.te
修改長度

お直し代は別途ですか。
なお だい べっ と
o na.o.shi.da.i wa be.t.to de.su ka
修改費要另付嗎？

お直しの時間はどのくらいかかりますか。
なお じ かん
o na.o.shi no ji.ka.n wa do.no ku.ra.i ka.ka.ri.ma.su ka
大概需要多少修改的時間呢？

掌握日本拍賣的時機

　　有計畫前往日本大肆添購服飾的朋友，千萬不能錯過冬夏兩季折扣最多的「クリアランスセール」（< ku.ri.a.ra.n.su se.e.ru >；換季大拍賣）。一般來說，這兩季的拍賣是從 12 月底和 7 月初開始，1 月和 8 月底結束。最近也有不少服飾店在非拍賣期間，推出買 2 件以上，就打 8 ～ 9 折的服務，而「UNIQLO」等快時尚的大型連鎖店，每逢假日也都會提供特價商品。對血拼有興趣的朋友，一定要掌握良機。

　　此外，也提醒大家日本的「 1 割」（< i.chi.wa.ri >；1 成）表示便宜 1 成，也就是 9 折的意思，可別搞錯空歡喜一場。當然如果您在街上看到下面這些字樣，一定要走進店裡瞧瞧，說不定能挖到寶喔。

よりどり 3 足で 1000 円 yo.ri.do.ri sa.n.zo.ku de se.n e.n 湊 3 雙 1000 日圓	**○○円均一** ○○ en ki.n.i.tsu ○○日圓均一價
お値打ち価格 o ne.u.chi ka.ka.ku 超值價	**お買い得商品大放出** o ka.i.do.ku sho.o.hi.n da.i.ho.o.shu.tsu 優惠商品大放送
感謝祭 ka.n.sha.sa.i 酬賓大拍賣	**誕生祭** ta.n.jo.o.sa.i 週年慶

購物篇

買い物 | ka.i.mo.no
購物

MP3 54

靴を買う ku.tsu o ka.u;買鞋

□□□□ を探していますが……。

□□□□ o sa.ga.shi.te i.ma.su ga

我在找 □□□□ ……。

不會説的
時候比這裡

ハイヒール
ha.i.hi.i.ru
高跟鞋

パンプス
pa.n.pu.su
包鞋

サンダル
sa.n.da.ru
涼鞋

ミュール
myu.u.ru
高跟涼鞋

ジョギングシューズ
jo.gi.n.gu shu.u.zu
慢跑鞋

スニーカー
su.ni.i.ka.a
運動休閒鞋

ブーツ
bu.u.tsu
靴子

レインブーツ
re.i.n bu.u.tsu
雨靴

スリッパ
su.ri.p.pa
拖鞋

ビーチサンダル
bi.i.chi sa.n.da.ru
海灘鞋

ローファー

ro.o.fa.a

樂福鞋

スパイク

su.pa.i.ku

釘鞋

この靴を履いてみてもいいですか。
ko.no ku.tsu o ha.i.te mi.te mo i.i de.su ka

可以試穿看看這雙鞋子嗎？

どのサイズをお召しですか。
do.no sa.i.zu o o me.shi de.su ka

請問您穿幾號？

～号です。
～ go.o de.su

～號。

足のサイズを測ってもらえますか。
a.shi no sa.i.zu o ha.ka.t.te mo.ra.e.ma.su ka

可以幫我量一下腳的尺寸嗎？

つま先がきついです。
tsu.ma.sa.ki ga ki.tsu.i de.su

腳尖很緊。

<ruby>少<rt>すこ</rt></ruby>し 〔　　　　　〕みたいです。

su.ko.shi 〔　　　　　〕mi.ta.i de.su

好像有點〔　　　　　〕。

不會説的
時候比這裡

きつい
ki.tsu.i
緊

ゆるい
yu.ru.i
鬆

<ruby>大<rt>おお</rt></ruby>きい
o.o.ki.i
大

<ruby>小<rt>ちい</rt></ruby>さい
chi.i.sa.i
小

ワンサイズ 〔　　　　　〕ものを<ruby>持<rt>も</rt></ruby>ってきてもらえますか。

wa.n.sa.i.zu 〔　　　　　〕mo.no o mo.t.te ki.te mo.ra.e.ma.su ka

可以幫我拿〔　　　　　〕一號的嗎？

不會説的
時候比這裡

<ruby>大<rt>おお</rt></ruby>きい
o.o.ki.i
大

<ruby>小<rt>ちい</rt></ruby>さい
chi.i.sa.i
小

これの色違いはありますか。
ko.re no i.ro.chi.ga.i wa a.ri.ma.su ka
這個有不同色的嗎？

申し訳ございませんが、この色しか残っていません。
mo.o.shi.wa.ke go.za.i.ma.se.n ga ko.no i.ro shi.ka no.ko.t.te i.ma.se.n
很抱歉，只剩下這個顏色了。

　　　　　　はありますか。
　　　　　　wa a.ri.ma.su ka

有 　　　　　　嗎？

不會說的
時候比這裡

靴ひも
ku.tsu hi.mo
鞋帶

中敷き
na.ka.ji.ki
鞋墊

靴クリーナー
ku.tsu ku.ri.i.na.a
鞋類清潔劑

防水スプレー
bo.o.su.i su.pu.re.e
防水噴霧劑

MP3
55

アクセサリーを<ruby>買<rt>か</rt></ruby>う　　a.ku.se.sa.ri.i o ka.u；買飾品

ショーケースの<ruby>中<rt>なか</rt></ruby>の [　　　　] を<ruby>見<rt>み</rt></ruby>せてもらえますか。

sho.o.ke.e.su no na.ka no [　　　　] o mi.se.te mo.ra.e.ma.su ka

能讓我看看展示櫃裡的 [　　　　] 嗎？

不會説的
時候比這裡

<ruby>指輪<rt>ゆびわ</rt></ruby>

yu.bi.wa
戒指

ネックレス

ne.k.ku.re.su
項鍊

イヤリング

i.ya.ri.n.gu
耳環

ピアス

pi.a.su
針式耳環

ブローチ

bu.ro.o.chi
胸針

ブレスレット

bu.re.su.re.t.to
手鍊

バレッタ

ba.re.t.ta
橢圓型按夾
（髮夾的一種）

ネクタイピン

ne.ku.ta.i pi.n
領帶夾

これは <input> ですか。

ko.re wa <input> de.su ka

這是 <input> 嗎？

不會說的
時候比這裡

純金
じゅんきん
ju.n.ki.n
純金

鍍金
めっき
me.k.ki
鍍金

18金
じゅうはち きん
ju.u.ha.chi.ki.n
18K 金

プラチナ
pu.ra.chi.na
白金

指のサイズを測ってもらえますか。
ゆび　　　　　　　　　はか
yu.bi no sa.i.zu o ha.ka.t.te mo.ra.e.ma.su ka
能幫我量手指的尺寸嗎？

プレゼント用に包んでもらえますか。
　　　　　　　よう　つつ
pu.re.ze.n.to yo.o ni tsu.tsu.n.de mo.ra.e.ma.su ka
能幫我包裝成禮品嗎？

簡易包装と有料包装のどちらになさいますか。
かん い ほうそう　　ゆうりょうほうそう
ka.n.i ho.o.so.o to yu.u.ryo.o ho.o.so.o no do.chi.ra ni na.sa.i.ma.su ka
您要簡易包裝還是收費包裝呢？

購物篇

187

PART2

買い物 | ka.i.mo.no
購物

MP3 56

化粧品を買う ke.sho.o.hi.n o ka.u；買化妝品

☐を探していますが……。

☐ o sa.ga.shi.te i.ma.su ga

我在找 ☐ ……。

不會説的時候比這裡

化粧品（< ke.sho.o.hi.n >；化妝品）

ファンデーション
fa.n.de.e.sho.n
粉底

BB クリーム
bi.i.bi.i ku.ri.i.mu
BB 霜

コンシーラー
ko.n.shi.i.ra.a
遮瑕霜

フェイスパウダー
fe.e.su pa.u.da.a
蜜粉

チーク
chi.i.ku
腮紅

アイライナー
a.i.ra.i.na.a
眼線筆

アイシャドー
a.i.sha.do.o
眼影

マスカラ
ma.su.ka.ra
睫毛膏

グロス
gu.ro.su
唇蜜

口紅
ku.chi.be.ni
口紅

マニキュア
ma.ni.kyu.a
指甲油

下地
shi.ta.ji
隔離霜

188

スキンケア （ < su.ki.n.ke.a > ；保養品 ）

けしょうすい
化粧水
ke.sho.o.su.i
化妝水

びようえき
美容液
bi.yo.o.e.ki
美容液

にゅうえき
乳液
nyu.u.e.ki
乳液

ひ や ど
日焼け止め
hi.ya.ke.do.me
防曬乳

リップマスク
ri.p.pu ma.su.ku
修護唇膜

お
メイク落としコットン
me.e.ku.o.to.shi ko.t.to.n
卸妝棉

せんがん
洗顔フォーム
se.n.ga.n fo.o.mu
洗面乳

シートマスク
shi.i.to ma.su.ku
面膜

ほ しつ
保湿クリーム
ho.shi.tsu ku.ri.i.mu
保濕霜

リップクリーム
ri.p.pu ku.ri.i.mu
護唇膏

アイクリーム
a.i ku.ri.i.mu
眼霜

ナイトクリーム
na.i.to ku.ri.i.mu
晚霜

デイクリーム
de.e ku.ri.i.mu
日霜

エッセンス
e.s.se.n.su
精華液

わたし　　　　　　　　はだ
私は [　　　] **肌です。**

wa.ta.shi wa [　　　] ha.da de.su

我是 [　　　] 膚質。

不會說的
時候比這裡

かんそう **乾燥**	びんかん **敏感**	し せい **脂性**	こんごう **混合**
ka.n.so.o	bi.n.ka.n	shi.se.e	ko.n.go.o
乾燥	敏感	油性	混合

いちばん う
一番売れているのはどれですか。
i.chi.ba.n u.re.te i.ru no wa do.re de.su ka
賣得最好的是哪一個？

つか
これはどうやって使うんですか。
ko.re wa do.o ya.t.te tsu.ka.u n de.su ka
這個怎麼用呢？

ため ぬ
試し塗りはできますか。
ta.me.shi.nu.ri wa de.ki.ma.su ka
可以試擦嗎？

つ か よう
これの詰め替え用はありますか。
ko.re no tsu.me.ka.e.yo.o wa a.ri.ma.su ka
這個有補充包嗎？

しゃしん　くちべに　　　　　　いろ
この写真の口紅はどの色ですか。
ko.no sha.shi.n no ku.chi.be.ni wa do.no i.ro de.su ka
這張相片的口紅是哪個顏色？

ドラッグストアで　do.ra.g.gu su.to.a de；在藥妝店

　　　　　　はどこに置いてありますか。

　　　　　　wa do.ko ni o.i.te a.ri.ma.su ka

　　　　　　放在哪裡？

不會說的
時候比這裡

薬（ ＜ ku.su.ri ＞；藥 ）

風邪薬 ka.ze.gu.su.ri 感冒藥	**胃腸薬** i.cho.o.ya.ku 腸胃藥	**正露丸** se.e.ro.ga.n 正露丸
頭痛薬 zu.tsu.u.ya.ku 頭痛藥	**下痢止め** ge.ri.do.me 止瀉藥	**便秘薬** be.n.pi.ya.ku 便祕藥
鎮痛薬 chi.n.tsu.u.ya.ku 止痛藥	**栄養ドリンク** e.e.yo.o do.ri.n.ku 營養口服液	**かゆみ止め** ka.yu.mi.do.me 止癢藥
咳止め se.ki.do.me 止咳藥	**目薬** me.gu.su.ri 眼藥水	**絆創膏** ba.n.so.o.ko.o OK 繃
湿布 shi.p.pu 酸痛貼布	**ビタミン剤** bi.ta.mi.n.za.i 維他命劑	**熱さまシート** ne.tsu.sa.ma.shi.i.to 退熱貼布

購物篇

191

蒸気アイマスク
じょう き

jo.o.ki a.i.ma.su.ku
蒸氣眼罩

のど飴
あめ

no.do a.me
喉糖

浣腸薬
かんちょうやく

ka.n.cho.o.ya.ku
浣腸藥

うがい薬
ぐすり

u.ga.i.gu.su.ri
漱口藥水

虫よけスプレー
むし

mu.shi.yo.ke su.pu.re.e
防蟲噴霧劑

不會說的
時候比這裡

日用品
にちようひん
（ < ni.chi.yo.o.hi.n > ；日用品 ）

シャンプー

sha.n.pu.u
洗髮精

コンディショナー

ko.n.di.sho.na.a
護髮乳

石けん
せっ

se.k.ke.n
肥皂

温泉の素
おんせん　　もと

o.n.se.n no mo.to
溫泉精

歯ブラシ
は

ha.bu.ra.shi
牙刷

歯磨き粉
は みが こ

ha.mi.ga.ki.ko
牙膏

生理用品
せい り ようひん

se.e.ri.yo.o.hi.n
生理用品

整髪料
せいはつりょう

se.e.ha.tsu.ryo.o
整髮劑

綿棒
めんぼう

me.n.bo.o
棉花棒

カミソリ

ka.mi.so.ri
刮鬍刀

ヘアカラー

he.a.ka.ra.a
染髮劑

育毛剤
いくもうざい

i.ku.mo.o.za.i
生髮水

糸ようじ（いと）

i.to yo.o.ji

牙線

マスク

ma.su.ku

口罩

ホッカイロ

ho.k.ka.i.ro

暖暖包

爪切り（つめ き）

tsu.me.ki.ri

指甲刀

除光液（じょこうえき）

jo.ko.o.e.ki

去光水

紙おむつ（かみ）

ka.mi o.mu.tsu

紙尿布

ハンドクリーム

ha.n.do ku.ri.i.mu

護手霜

体温計（たいおんけい）

ta.i.o.n.ke.e

體溫計

ご案内いたします。こちらへどうぞ。（あんない）

go a.n.na.i i.ta.shi.ma.su ko.chi.ra e do.o.zo

我帶您去。請往這邊走。

買い物 ka.i.mo.no ｜ 購物

MP3 58

家電量販店で ka.de.n ryo.o.ha.n.te.n de；在家電量販店

┌──────┐ **売り場はどこですか。**
└──────┘
┌──────┐ u.ri.ba wa do.ko de.su ka
└──────┘
請問 ┌──────┐ 賣場在哪裡？

不會説的
時候比這裡

カメラ	**パソコン**	**オーディオ**
ka.me.ra	pa.so.ko.n	o.o.di.o
相機	電腦	音響
家電	**ゲーム**	**旅行用品**
ka.de.n	ge.e.mu	ryo.ko.o yo.o.hi.n
家電	電玩	旅行用品

┌──────┐ **はどこに置いてありますか。**
└──────┘
┌──────┐ wa do.ko ni o.i.te a.ri.ma.su ka
└──────┘
┌──────┐ 放在哪裡？
└──────┘

不會説的
時候比這裡

一眼レフ　　　　**ビデオカメラ**
i.chi.ga.n.re.fu　　　　　　　bi.de.o ka.me.ra
單眼相機　　　　　　　　　　錄影機

デジカメ
de.ji.ka.me
數位相機

交換レンズ
こうかん
ko.o.ka.n re.n.zu
交換鏡頭

メモリーカード
me.mo.ri.i ka.a.do
記憶卡

バッテリー
ba.t.te.ri.i
蓄電池

充電器
じゅうでん き
ju.u.de.n.ki
充電器

三脚
さんきゃく
sa.n.kya.ku
腳架

ゲーム機
き
ge.e.mu ki
電玩主機

ゲームソフト
ge.e.mu so.fu.to
電玩軟體

ラジコン
ra.ji.ko.n
遙控汽車

乾電池
かんでん ち
ka.n.de.n.chi
乾電池

炊飯器
すいはん き
su.i.ha.n.ki
電子鍋

コーヒーメーカー
ko.o.hi.i me.e.ka.a
咖啡機

電気ポット
でん き
de.n.ki po.t.to
電子熱水瓶

アイロン
a.i.ro.n
熨斗

ホームベーカリー
ho.o.mu be.e.ka.ri.i
麵包機

トースター
to.o.su.ta.a
烤麵包機

ハンドブレンダー
ha.n.do bu.re.n.da.a
魔力料理棒（可切碎、
攪拌食物的棒狀調理機）

魔法瓶 _{ま ほうびん}
ma.ho.o.bi.n
保溫瓶

電気毛布 _{でん き もう ふ}
de.n.ki mo.o.fu
電毯

ドライヤー
do.ra.i.ya.a
吹風機

ヘアアイロン

he.a a.i.ro.n
直髮夾

電気髭剃り _{でん き ひげ そ}

de.n.ki hi.ge.so.ri
電動刮鬍刀

パソコンソフト
pa.so.ko.n so.fu.to
電腦軟體

イヤホン

i.ya.ho.n
耳機

デジタルオーディオプレーヤー

de.ji.ta.ru o.o.di.o.pu.re.e.ya.a
數位隨身聽

最新モデルはありますか。
さいしん

sa.i.shi.n mo.de.ru wa a.ri.ma.su ka

有最新機種嗎？

すでに売り切れです。
う き

su.de.ni u.ri.ki.re de.su

已經賣光了。

取り寄せできますか。
と よ

to.ri.yo.se de.ki.ma.su ka

可以調貨嗎？

スーパーマーケットで

su.u.pa.a.ma.a.ke.t.to de；在超市

売り場はどこですか。

u.ri.ba wa do.ko de.su ka

請問 賣場在哪裡？

不會說的
時候比這裡

調味料
cho.o.mi.ryo.o
調味料

お菓子
o ka.shi
零食

日用品
ni.chi.yo.o.hi.n
日用品

お惣菜
o so.o.za.i
熟食等家常菜

ベビーフード
be.bi.i fu.u.do
嬰兒食品

生鮮
se.e.se.n
生鮮食品

お酒
o sa.ke
酒類

飲み物
no.mi.mo.no
飲料

□□□□□をください。

□□□□□ o ku.da.sa.i

請給我 □□□□□ 。

不會説的
時候比這裡

ドライアイス

do.ra.i a.i.su
乾冰

レジ<ruby>袋<rt>ぶくろ</rt></ruby>

re.ji bu.ku.ro
塑膠提袋

<ruby>保冷剤<rt>ほ れいざい</rt></ruby>

ho.re.e.za.i
保冷劑

<ruby>割<rt>わ</rt></ruby>りばし

wa.ri.ba.shi
免洗筷

お<ruby>箸<rt>はし</rt></ruby>は<ruby>何膳<rt>なんぜん</rt></ruby>お<ruby>付<rt>つ</rt></ruby>けいたしましょうか。
o ha.shi wa na.n.ze.n o tsu.ke i.ta.shi.ma.sho.o ka
要付幾雙筷子呢？

レジ<ruby>袋<rt>ぶくろ</rt></ruby>はご<ruby>利用<rt>り よう</rt></ruby>ですか。
re.ji bu.ku.ro wa go ri.yo.o de.su ka
您要塑膠提袋嗎？

はい。
ha.i
要。

<ruby>要<rt>い</rt></ruby>りません。
i.ri.ma.se.n
不用了。

☆★旅遊小補帖

真正物美價廉的伴手禮在超市！！

　　喜歡日本食品的朋友，若有機會前往日本，一定要到超市瞧瞧。不論是零嘴、乾貨、加工食品還是調味料，除了價格遠比台灣日系商店便宜，商品種類也非常豐富，不論是自用還是和親朋好友分享，都很適宜。對日本食品不太熟悉的朋友，不妨參考看看下面的人氣商品，有些概念，就不會在賣場裡彷徨失措囉。

スナック菓子（< su.na.k.ku ga.shi >；零食）

柿の種 ka.ki no ta.ne 柿籽米菓（形狀像柿子種子的米菓）	グミ gu.mi 軟糖
じゃがりこ ja.ga.ri.ko Jagarico（杯裝薯條）	トッポ to.p.po Toppo 巧克力脆棒
ポッキー po.k.ki.i 百奇（POCKY）	プリッツ pu.ri.t.tsu 百力滋（PRETZ）
キットカット ki.t.to.ka.t.to 奇巧（Kit-Kat）	小枝 ko.e.da 小枝
コアラのマーチ ko.a.ra no ma.a.chi 樂天小熊餅	

水産物加工品（< su.i.sa.n.bu.tsu ka.ko.o.hi.n >；海産加工品）※1

す漬いか su.zu.ke.i.ka 醋漬花枝	おしゃぶり昆布 o.sha.bu.ri ko.n.bu 點心昆布

帆立貝 ho.ta.te.ga.i 調味扇貝		**いかのくんせい** i.ka no ku.n.se.e 燻製花枝	
するめそうめん su.ru.me so.o.me.n 魷魚素麵		**さきいか** sa.ki.i.ka 魷魚絲	
めかぶ me.ka.bu 芽蕪 （靠近裙帶菜根部的部分）		**味たら** a.ji.ta.ra 加味鱈魚乾	
とろろ昆布 to.ro.ro ko.n.bu 昆布絲 ※2			

※1 這些水產加工品除了當零食之外也是下酒的良伴，因此很多超市或便利商店，
都會把它們放在酒類商品的附近，若有親朋好友喜歡小酌，酒類之外再搭配這
些小點，勢必更得歡心。

※2 昆布絲的吃法－昆布絲的應用範圍很廣，可以用來替代
海苔包飯糰，也可以放進烏龍麵或清爽的吸物中享用。

お茶 （＜o cha＞；茶）

緑茶 ryo.ku.cha 綠茶		**桜茶** sa.ku.ra.cha 櫻花茶	
ほうじ茶 ho.o.ji.cha 焙茶		**粉茶** ko.na.cha 茶粉	

☆★旅遊小補帖

その他（＜so.no ta＞；其他）

お茶漬けの素 o cha.zu.ke no mo.to 茶泡飯調味包	**ふりかけ** fu.ri.ka.ke 灑在白飯上的香鬆
炊き込みご飯の素 ta.ki.ko.mi go.ha.n no mo.to 菜飯調味包 ※3	**ちらし寿司の素** chi.ra.shi zu.shi no mo.to 散壽司調味包 ※4
即席みそ汁 so.ku.se.ki mi.so.shi.ru 速食味噌湯	**即席お吸い物** so.ku.se.ki o su.i.mo.no 速食湯包
インスタントラーメン i.n.su.ta.n.to ra.a.me.n 速食麵	**浅漬けの素** a.sa.zu.ke no mo.to 醬菜粉（也有液狀的）
シチューの素 shi.chu.u no mo.to 濃湯調味粉（也有塊狀的）	

※3 菜飯調味包有多種口味與「2合」（＜ni.go.o＞；2 杯米）、
「3 合」（＜sa.n.go.o＞；3 杯米）等份量可供選擇，製作
方法非常簡單，只要將裡面的菜飯料和調味包放入電鍋，
按照一般白飯的作法即可。

※4 雖然只要把散壽司的調味包和適量的白飯充份攪拌就能立
刻享用，若能加上新鮮的生魚片、燙熟的蔬菜或蛋絲，那就更道地囉。

困擾篇

トラブル

to.ra.bu.ru ｜ 困擾

MP3 60

病気 （びょうき） byo.o.ki ；生病

☐☐☐☐ が痛（いた）いんです。

☐☐☐☐ ga i.ta.i n de.su

☐☐☐☐ 很痛。

不會説的時候比這裡

頭（あたま）	目（め）	耳（みみ）	歯（は）
a.ta.ma	me	mi.mi	ha
頭	眼睛	耳朵	牙齒

鼻（はな）	喉（のど）	首（くび）	肩（かた）
ha.na	no.do	ku.bi	ka.ta
鼻子	喉嚨	脖子	肩膀

胸（むね）	肘（ひじ）	手（て）	腰（こし）
mu.ne	hi.ji	te	ko.shi
胸部	手肘	手	腰

胃（い）	おなか	膝（ひざ）	足（あし）
i	o.na.ka	hi.za	a.shi
胃	肚子	膝蓋	腳

ふくらはぎ	足首（あしくび）	踵（かかと）	指（ゆび）
fu.ku.ra.ha.gi	a.shi.ku.bi	ka.ka.to	yu.bi
小腿	腳踝	腳跟	指頭

気分が悪いんです。
ki.bu.n ga wa.ru.i n de.su
感覺不舒服。

体がだるいんです。
ka.ra.da ga da.ru.i n de.su
渾身無力。

☐☐☐がするんです。
☐☐☐ ga su.ru n de.su
會☐☐☐。

不會説的時候比這裡

めまい
me.ma.i
頭暈

吐き気
ha.ki.ke
噁心

寒気
sa.mu.ke
發冷

立ちくらみ
ta.chi.ku.ra.mi
站起來發暈

トラブル｜to.ra.bu.ru 困擾

☐☐☐が止まらないんです。
☐☐☐ ga to.ma.ra.na.i n de.su
☐☐☐ 不止。

不會説的
時候比這裡

咳	くしゃみ	鼻水	下痢
se.ki	ku.sha.mi	ha.na.mi.zu	ge.ri
咳嗽	噴嚏	鼻水	腹瀉

鼻が詰まるんです。
ha.na ga tsu.ma.ru n de.su
鼻子會塞。

熱があるようです。
ne.tsu ga a.ru yo.o de.su
好像有發燒。

高熱が続いているんです。
ko.o.ne.tsu ga tsu.zu.i.te i.ru n de.su
持續著高燒。

息が苦しいんです。
i.ki ga ku.ru.shi.i n de.su
呼吸困難。

目<ruby>め</ruby>がチクチクするんです。
me ga chi.ku.chi.ku.su.ru n de.su
眼睛感覺刺痛。

体中<ruby>からだじゅう</ruby>がかゆいんです。
ka.ra.da.ju.u ga ka.yu.i n de.su
全身發癢。

胃<ruby>い</ruby>がもたれるんです。
i ga mo.ta.re.ru n de.su
胃會漲。

[   ] みたいです。
[   ] mi.ta.i de.su
好像是 [   ] 。

不會説的
時候比這裡

風邪<ruby>かぜ</ruby>	喘息<ruby>ぜんそく</ruby>	食<ruby>しょく</ruby>あたり
ka.ze	ze.n.so.ku	sho.ku.a.ta.ri
感冒	氣喘	吃壞肚子

インフルエンザ	熱中症<ruby>ねっちゅうしょう</ruby>	アレルギー
i.n.fu.ru.e.n.za	ne.c.chu.u.sho.o	a.re.ru.gi.i
流感	中暑	過敏

困擾篇

トラブル | to.ra.bu.ru
困擾

MP3
61

怪我 (けが) ke.ga；受傷

足首 (あしくび) を挫 (くじ) いたようです。
a.shi.ku.bi o ku.ji.i.ta yo.o de.su
腳踝好像扭到了。

⬜⬜⬜ かもしれません。
⬜⬜⬜ ka.mo.shi.re.ma.se.n
或許是 ⬜⬜⬜ 。

不會說的
時候比這裡

骨折 (こっせつ)	捻挫 (ねんざ)	突き指 (つきゆび)	脱臼 (だっきゅう)
ko.s.se.tsu	ne.n.za	tsu.ki.yu.bi	da.k.kyu.u
骨折	扭傷	手指扭傷	脱臼

血 (ち) が止 (と) まらないんです。
chi ga to.ma.ra.na.i n de.su
血流不止。

膝 (ひざ) が腫 (は) れているんです。
hi.za ga ha.re.te i.ru n de.su
膝蓋腫起來了。

＿＿＿の骨が折れたようです。

no ho.ne ga o.re.ta yo.o de.su

好像骨折了。

不會説的
時候比這裡

足
a.shi
腳

腕
u.de
手臂

やけどをしたんです。
ya.ke.do o shi.ta n de.su
燙傷了。

トラブル
to.ra.bu.ru
困擾

MP3 62

診療
しんりょう
shi.n.ryo.o；診療

ちか
近くに 　　　　 はありますか。

chi.ka.ku ni 　　　　 wa a.ri.ma.su ka

這附近有 　　　　 嗎？

不會説的
時候比這裡

やっきょく
薬局

ya.k.kyo.ku
藥房

ないか
内科

na.i.ka
內科

げか
外科

ge.ka
外科

しょうにか
小児科

sho.o.ni.ka
小兒科

ひふか
皮膚科

hi.fu.ka
皮膚科

じびいんこうか
耳鼻咽喉科

ji.bi.i.n.ko.o.ka
耳鼻咽喉科

がんか
眼科

ga.n.ka
眼科

しか
歯科

shi.ka
牙科

観光客なので、自費でお願いします。
ka.n.ko.o.kya.ku.na no.de ji.hi de o ne.ga.i shi.ma.su
因為我是觀光客，所以我要自費。

この診察申し込み用紙に
必要事項をご記入ください。
ko.no shi.n.sa.tsu mo.o.shi.ko.mi yo.o.shi ni
hi.tsu.yo.o.ji.ko.o o go ki.nyu.u ku.da.sa.i
麻煩您在這初診單填入必要事項。

～番診察室の前でお掛けに
なってお待ちください。
～ ba.n shi.n.sa.tsu.shi.tsu no ma.e de o ka.ke ni
na.t.te o ma.chi ku.da.sa.i
請您在～號診察室前稍坐等候。

日本醫院的看診時間

　　日本一般診所的營業時間不長，大部分是從早上 9 點到下午 6 點，星期天和假日也不營業，在休診時間若有需要，可前往「夜間診療所」（＜ya.ka.n shi.n.ryo.o.jo；夜間診療所）或「休日診療所」（＜kyu.u.ji.tsu shi.n.ryo.o.jo＞；假日診療所）就診。

トラブル | to.ra.bu.ru
困擾

どうしましたか。
do.o shi.ma.shi.ta ka
怎麼了？

熱<ねつ>はありますか。
ne.tsu wa a.ri.ma.su ka
有發燒嗎？

体温計<たいおんけい>を貸<か>してください。
ta.i.o.n.ke.e o ka.shi.te ku.da.sa.i
請借我體溫計。

を測<はか>りましょう。
o ha.ka.ri.ma.sho.o
量 吧。

還會聽到
這麼說

体温<たいおん>
ta.i.o.n
體溫

血圧<けつあつ>
ke.tsu.a.tsu
血壓

体重<たいじゅう>
ta.i.ju.u
體重

念<ねん>のため、 ましょう。
ne.n no ta.me .ma.sho.o
為了慎重起見， 吧。

還會聽到
這麼說

検査<けんさ>し
ke.n.sa.shi
做個檢查

レントゲンを撮<と>り
re.n.to.ge.n o to.ri
照個 X 光

<ruby>点滴<rt>てんてき</rt></ruby>し

te.n.te.ki.shi

吊個點滴

<ruby>注射<rt>ちゅうしゃ</rt></ruby>し

chu.u.sha.shi

打個針

<ruby>薬<rt>くすり</rt></ruby>のアレルギーはありますか。

ku.su.ri no a.re.ru.gi.i wa a.ri.ma.su ka

有藥物過敏嗎？

<ruby>薬<rt>くすり</rt></ruby>を<ruby>飲<rt>の</rt></ruby>めばよくなります。

ku.su.ri o no.me.ba yo.ku na.ri.ma.su

吃了藥就會好的。

◯◯◯◯◯でいいですか。

◯◯◯◯ de i.i de.su ka

用 ◯◯◯ 好嗎？

還會聽到這麼說

<ruby>錠剤<rt>じょうざい</rt></ruby>

jo.o.za.i

藥丸

<ruby>粉薬<rt>こなぐすり</rt></ruby>

ko.na.gu.su.ri

藥粉

シロップ

shi.ro.p.pu

糖漿

トラブル｜to.ra.bu.ru
困擾

□□□□□を出[だ]してもらえますか。

□□□□□ o da.shi.te mo.ra.e.ma.su ka

能開 □□□□□ 給我嗎？

還會聽到
這麼說

解熱剤[げ ねつざい]

ge.ne.tsu.za.i
退燒藥

トローチ

to.ro.o.chi
喉片

うがい薬[くすり]

u.ga.i.gu.su.ri
漱口藥水

湿布[しっ ぷ]

shi.p.pu
酸痛貼布

薬[くすり]はどのように飲[の]めばいいですか。
ku.su.ri wa do.no yo.o.ni no.me.ba i.i de.su ka
藥該怎麼服用才好呢？

1日[いち にち] □回数□ 回[かい]、□時間□ に飲[の]んでください。

i.chi.ni.chi □□□□.ka.i □□□□ ni no.n.de ku.da.sa.i

1天 次數 次，時間 服用。

還會聽到
這麼說

回数[かいすう]（< ka.i.su.u >；次數）

1[いっ]	2[に]	3[さん]
i.k	ni	sa.n
1	2	3

不會說的
時候比這裡

時間（<ji.ka.n>；時間）

しょくぜん 食前	しょっかん 食間	しょくご 食後	ね　まえ 寝る前
sho.ku.ze.n 飯前	sho.k.ka.n 二餐之間	sho.ku.go 飯後	ne.ru ma.e 睡前

ねが
[　　　　] をお願いします。

[　　　　] o o ne.ga.i shi.ma.su

麻煩你開 [　　　　] 。

不會說的
時候比這裡

しんだんしょ 診断書	りょうしゅうしょ 領収書
shi.n.da.n.sho 診斷書	ryo.o.shu.u.sho 收據

めいさいしょ 明細書	にゅういんしょうめいしょ 入院証明書
me.e.sa.i.sho 費用明細	nyu.u.i.n sho.o.me.e.sho 住院證明書

☆★旅遊小補帖

就醫記得索取相關資料申請健保給付

　　在國外若發生不可預期的傷病，必須在當地立即就醫，記得要向醫院索取上述的單據證明，可在就醫後 6 個月內向投保單位所在地的健保局分局申請核退醫藥費用。詳細可參閱行政院衛生署相關網頁。

困擾篇

215

トラブル | to.ra.bu.ru
困擾

MP3
63

市販薬を買う　shi.ha.n.ya.ku o ka.u ；購買成藥
（し はんやく か）

> 症状 んですが、おすすめの 薬 はありますか。
>
> ＿＿＿＿＿ n de.su ga o su.su.me no ＿＿＿＿＿ wa a.ri.ma.su ka
>
> 我 症状 ，有推薦的 薬 嗎？

不會説的
時候比這裡

症状（< sho.o.jo.o >；症狀）
（しょうじょう）

胃が痛い
（い いた）

i ga i.ta.i
胃痛

頭が痛い
（あたま いた）

a.ta.ma ga i.ta.i
頭痛

下痢が止まらない
（げ り と）

ge.ri ga to.ma.ra.na.i
腹瀉不止

喉が痛い
（のど いた）

no.do ga i.ta.i
喉嚨痛

便秘がひどい
（べん び）

be.n.pi ga hi.do.i
便祕得很屬害

鼻水が止まらない
（はなみず と）

ha.na.mi.zu ga to.ma.ra.na.i
鼻水流不止

肌が痒い
（はだ かゆ）

ha.da ga ka.yu.i
皮膚癢

眼が痒い
（め かゆ）

me ga ka.yu.i
眼睛癢

眼が充血している
（め じゅうけつ）

me ga ju.u.ke.tsu.shi.te i.ru
眼睛充血

薬 （< ku.su.ri >；藥）

胃薬 i.gu.su.ri 胃藥	**鎮痛剤** chi.n.tsu.u.za.i 止痛藥
下痢止め ge.ri.do.me 止瀉藥	**胃腸薬** i.cho.o.ya.ku 腸胃藥
風邪薬 ka.ze.gu.su.ri 感冒藥	**便秘薬** be.n.pi.ya.ku 便秘藥
痒み止め ka.yu.mi.do.me 止癢藥	**目薬** me.gu.su.ri 眼藥水

子供用の～はありますか。
ko.do.mo.yo.o no ～ wa a.ri.ma.su ka
有兒童用的～嗎？

217

トラブル | to.ra.bu.ru
困擾

MP3
64

とうなん　ふんしつ
盗難・紛失　to.o.na.n fu.n.shi.tsu；遭竊・遺失

| だ！
|
| da
|
| ！

不會説的
時候比這裡

スリ	どろぼう **泥棒**	ちかん **痴漢**	**ひったくり**
su.ri	do.ro.bo.o	chi.ka.n	hi.t.ta.ku.ri
扒手	小偷	色狼	搶劫

| をなくしました。
|
| o na.ku.shi.ma.shi.ta
|
| 不見了。

不會説的
時候比這裡

さいふ **財布**		げんきん **現金**	
sa.i.fu		ge.n.ki.n	
錢包		現金	

カード		**パスポート**	
ka.a.do		pa.su.po.o.to	
信用卡		護照	

荷物(にもつ)
ni.mo.tsu
行李

鞄(かばん)
ka.ba.n
包包

● ●

電車(でんしゃ)の中(なか)で財布(さいふ)をすられました。
de.n.sha no na.ka de sa.i.fu o su.ra.re.ma.shi.ta
在電車裡錢包被扒走了。

店(みせ)に携帯(けいたい)を置(お)き忘(わす)れました。
mi.se ni ke.e.ta.i o o.ki.wa.su.re.ma.shi.ta
我把行動電話忘在店裡了。

もし見(み)つかったら、
ここに連絡(れんらく)していただけますか。
mo.shi mi.tsu.ka.t.ta.ra ko.ko ni re.n.ra.ku.shi.te i.ta.da.ke.ma.su ka
如果找到的話，能請你聯絡這裡嗎？

トラブル | to.ra.bu.ru
困擾

MP3 65

助けを求める ta.su.ke o mo.to.me.ru；求助

助けて！
ta.su.ke.te
救命啊！

誰か！
da.re ka
有誰幫幫我！

どうすればいいですか。
do.o su.re.ba i.i de.su ka
該怎麼辦才好呢？

を呼んでください。
o yo.n.de ku.da.sa.i

請叫 　　　　 。

不會説的
時候比這裡

警察 ke.e.sa.tsu 警察	救急車 kyu.u.kyu.u.sha 救護車
駅員 e.ki.i.n 車站站員	警備員 ke.e.bi.i.n 警衛
医者 i.sha 醫生	中国語を話せる人 chu.u.go.ku.go o ha.na.se.ru hi.to 會説中文的人

□□□ はどこですか。

□□□ wa do.ko de.su ka

□□□ 在哪裡？

不會説的
時候比這裡

きゅうきゅうびょういん
救急病院
kyu.u.kyu.u byo.o.i.n
急救醫院

こうばん
交番
ko.o.ba.n
派出所

タイペイちゅうにちけいざいぶんか だいひょうしょ
台北駐日経済文化代表処
ta.i.pe.e chu.u.ni.chi ke.e.za.i bu.n.ka da.i.hyo.o.sho
台北駐日經濟文化代表處

★★旅遊小補帖

在日本若遺失護照或需要緊急救助怎麼辦？

天有不測風雲，人有旦夕禍福，若不幸需要緊急救助，可聯絡台灣駐日機構，也就是「台北駐日經濟文化代表處」或其他地區的分處。

如果是遺失護照，請不要慌張，首先請到就近的警察局或派出所報案，拿取護照的「紛失届けの証明書」（< fu.n.shi.tsu.to.do.ke no sho.o.me.e.sho > 遺失證明）。之後再準備 4 張大頭照（辦事處 2 張，回國移民署窗口 2 張）

和可證明身分的證件或影印本，連同上述的遺失證明，到台灣駐日機構辦理臨時入國證明書即可。

※ 在警局或派出所可以這麼說：

パスポートの紛失届けをお願いしたいんですが……。

pa.su.po.o.to no fu.n.shi.tsu.to.do.ke o o ne.ga.i shi.ta.i n de.su ga

我想要辦理護照的遺失申報……。

※ 東京台北駐日經濟文化代表處：

地址：東京都港區白金台 5-20-2

電話：03-3280-7821（上班時間）、03-3280-7917（24 小時）

日本境內直撥行動電話：080-6557-8796、080-6552-4764

※ 橫濱、大阪、福岡、琉球、札幌等其他地區辦事處詳細請參閱如下網頁。

http://www.taiwanembassy.org/mp.asp?mp=201

PART3
記起來會更好！

數字、日期、時間、數量詞是在各種場面使用率極高的基本單字。出發前若能熟悉這些基本概念，勢必如虎添翼，讓溝通更順暢。此外，出國旅遊除了能增廣見聞，若能在異地結識當地朋友也是一大樂趣，準備好如何自我介紹了嗎？

數字篇　　　　和日本人交談

数字編 | su.u.ji he.n
すうじ へん
數字篇

基本数字 ki.ho.n.su.u.ji；基本數字
き ほんすう じ

全部でいくらですか。
ぜん ぶ
ze.n.bu de i.ku.ra de.su ka
全部多少錢？

	円です。
	e.n de.su
	日圓。

不會說的
時候比這裡

いち **1**	に **2**	さん **3**	し / よん **4**
i.chi	ni	sa.n	shi / yo.n
1	2	3	4

ご **5**	ろく **6**	しち / なな **7**	はち **8**
go	ro.ku	shi.chi i / na.na	ha.chi
5	6	7	8

きゅう / く **9**	じゅう **10**	よんじゅう **40**	ななじゅう **70**
kyu.u / ku	ju.u	yo.n.ju.u	na.na.ju.u
9	10	40	70

きゅうじゅう **90**	ひゃく **100**	せん **1000**	いち まん **1万**
kyu.u.ju.u	hya.ku	se.n	i.chi.ma.n
90	100	1000	1 萬

じゅう まん **10万**	ひゃく まん **100万**	いっ せん まん **1000万**	いち おく **1億**
ju.u.ma.n	hya.ku.ma.n	i.s.se.n.ma.n	i.chi.o.ku
10 萬	100 萬	1000 萬	1 億

※4 日圓必需念成 4 円（< yo e.n>）。
よ えん

特殊念法

さんびゃく **300**	ろっぴゃく **600**	はっぴゃく **800**
sa.n.bya.ku	ro.p.pya.ku	ha.p.pya.ku
300	600	800

さん ぜん **3000**	はっ せん **8000**	
sa.n.ze.n	ha.s.se.n	
3000	8000	

おいくつですか。
o i.ku.tsu de.su ka
請問您幾歲？

┌────┐ さい 才です。
│   │ sa.i de.su
└────┘ 歲。

※8 歲要念成「 はっ さい 8 才」（＜ ha.s.sa.i ＞），20 歲要念成「 はたち 20 才」（＜ ha.ta.chi ＞）。

なんにん か ぞく 何人家族ですか。
na.n.ni.n ka.zo.ku de.su ka
家族有幾個人呢？

┌────┐ にん か ぞく 人家族です。
│   │ ni.n ka.zo.ku de.su
└────┘

我家有 ┌────┐ 個人。
       └────┘

※4 個人必須念成 よ にん 4 人（＜ yo ni.n ＞）。

數字篇

225

<ruby>数字<rt>すう じ</rt></ruby><ruby>編<rt>へん</rt></ruby> | su.u.ji he.n
數字篇

<ruby>お電話番号<rt>でん わ ばんごう</rt></ruby>は<ruby>何番<rt>なんばん</rt></ruby>ですか。
o de.n.wa.ba.n.go.o wa na.n.ba.n de.su ka
您的電話號碼是幾號？

<ruby>０３-３７１５-１２３４<rt>ゼロさんのさんなないちごのいちにさんよん</rt></ruby> です。
ze.ro.sa.n no sa.n.na.na.i.chi.go no i.chi.ni.sa.n.yo.n de.su
03-3715-1234。

※ 報警專線要念成「<ruby>１１０番<rt>ひゃくとお ばん</rt></ruby>」（< hya.ku.to.o.ba.n >）。

<ruby>部屋<rt>へ や</rt></ruby>はどこにありますか。
he.ya wa do.ko ni a.ri.ma.su ka
房間在哪裡？

お<ruby>客様<rt>きゃくさま</rt></ruby>のお<ruby>部屋<rt>へ や</rt></ruby>は～<ruby>階<rt>かい</rt></ruby>の～<ruby>号室<rt>ごうしつ</rt></ruby>になります。
o kya.ku.sa.ma no o he.ya wa ～ ka.i no ～ go.o.shi.tsu ni na.ri.ma.su
客人您的房間在～樓的～號房。

※ 幾號房、幾號教室的「0」要念成「<ruby>０<rt>まる</rt></ruby>」，例如「<ruby>３０６<rt>さんまるろく</rt></ruby><ruby>号室<rt>ごうしつ</rt></ruby>」（< sa.n.ma.ru.ro.ku
go.o.shi.tsu >；306 號房）。

不會說的
時候比這裡

 其他

ゼロ / れい	<ruby>２分<rt>に ぶん</rt></ruby>の<ruby>１<rt>いち</rt></ruby>	<ruby>４分<rt>よん ぶん</rt></ruby>の<ruby>３<rt>さん</rt></ruby>	<ruby>０.３<rt>れいてんさん</rt></ruby>
ze.ro / re.e	ni.bu.n no i.chi	yo.n.bu.n no sa.n	re.e.te.n sa.n
0	2 分之 1	4 分之 3	0.3

年月日 ne.n.ga.p.pi；年月日

| 年 |

今年は平成何年ですか。
ko.to.shi wa he.e.se.e na.n.ne.n de.su ka
今年是平成幾年？

平成 ☐☐☐☐☐ です。
he.e.se.e ☐☐☐☐☐ de.su
平成 ☐☐☐☐☐ 。

不會説的
時候比這裡

1年 i.chi.ne.n 1年	2年 ni.ne.n 2年	3年 sa.n.ne.n 3年	4年 yo.ne.n 4年
5年 go.ne.n 5年	6年 ro.ku.ne.n 6年	7年 shi.chi / na.na.ne.n 7年	8年 ha.chi.ne.n 8年
9年 kyu.u / ku.ne.n 9年	10年 ju.u.ne.n 10年		

※ 欲表示年份的累計，在後面加上「間」（< ka.n >）即可（也可以省略）。

私は日本に～年間住んだことがあります。
wa.ta.shi wa ni.ho.n ni ～ ne.n.ka.n su.n.da ko.to ga a.ri.ma.su
我在日本住過～年。

月

なんがつ う
何月生まれですか。
na.n.ga.tsu u.ma.re de.su ka
你是幾月生的。

わたし　　　　　　　　　　　う
私は _____ 生まれです。

wa.ta.shi wa _____ u.ma.re de.su

我是 _____ 出生的。

不會說的
時候比這裡

いち がつ
1 月
i.chi.ga.tsu
1 月

に がつ
2 月
ni.ga.tsu
2 月

さん がつ
3 月
sa.n.ga.tsu
3 月

し がつ
4 月
shi.ga.tsu
4 月

ご がつ
5 月
go.ga.tsu
5 月

ろく がつ
6 月
ro.ku.ga.tsu
6 月

しち がつ
7 月
shi.chi.ga.tsu
7 月

はち がつ
8 月
ha.chi.ga.tsu
8 月

く がつ
9 月
ku.ga.tsu
9 月

じゅう がつ
10 月
ju.u.ga.tsu
10 月

じゅういち がつ
11 月
ju.u.i.chi.ga.tsu
11 月

じゅうに がつ
12 月
ju.u.ni.ga.tsu
12 月

冬休<ruby>ふゆやす</ruby>みは何月<ruby>なんがつ</ruby>からですか。
fu.yu.ya.su.mi wa na.n.ga.tsu ka.ra de.su ka
寒假是從什麼時候開始呢？

～月<ruby>がつ</ruby>からです。
～ .ga.tsu ka.ra de.su
從～月開始。

月份的累計

□□□□□くらい、日本語学校<ruby>にほんごがっこう</ruby>で勉強<ruby>べんきょう</ruby>したことがあります。
□□□□□ ku.ra.i ni.ho.n.go ga.k.ko.o de be.n.kyo.o.shi.ta ko.to ga a.ri.ma.su
我曾在日語學校讀過 □□□□□ 左右的書。

不會説的時候比這裡

ひと つき **1 月**	いっ げつ **1 か月**	ふた つき **2 月**	に げつ **2 か月**
hi.to.tsu.ki 1 個月	i.k.ka.ge.tsu 1 個月	fu.ta.tsu.ki 2 個月	ni.ka.ge.tsu 2 個月

さん げつ **3 か月**	よん げつ **4 か月**	ご げつ **5 か月**
sa.n.ka.ge.tsu 3 個月	yo.n.ka.ge.tsu 4 個月	go.ka.ge.tsu 5 個月

ろっ げつ **6 か月**	なな げつ **7 か月**	はっ げつ **8 か月**
ro.k.ka.ge.tsu 6 個月	na.na.ka.ge.tsu 7 個月	ha.k.ka.ge.tsu 8 個月

きゅう げつ **9 か月**	じゅっ/じっ げつ **10 か月**	はんとし **半年**
kyu.u.ka.ge.tsu 9 個月	ju.k / ji.k.ka.ge.tsu 10 個月	ha.n.to.shi 半年

※「～か月<ruby>げつ</ruby>」也可以寫成「～ヶ月<ruby>げつ</ruby>」（< ～ ka.ge.tsu >）。

數字篇

229

日

［　　　　　］、日本に着いたばかりです。

［　　　　　］ni.ho.n ni tsu.i.ta ba.ka.ri de.su

［　　　　　］剛到日本。

不會說的
時候比這裡

おととい
o.to.to.i
前天

きのう
昨日
ki.no.o
昨天

きょう
今日
kyo.o
今天

きょう　　なんにち
今日は何日ですか。
kyo.o wa na.n.ni.chi de.su ka
今天是幾號？

［　　　　　］です。

［　　　　　］de.su

［　　　　　］。

不會說的
時候比這裡

ついたち
1日
tsu.i.ta.chi
1 號

ふつか
2日
fu.tsu.ka
2 號

みっか
3日
mi.k.ka
3 號

よっか
4日
yo.k.ka
4 號

いつか
5日
i.tsu.ka
5 號

むいか
6日
mu.i.ka
6 號

なのか
7日
na.no.ka
7 號

ようか
8日
yo.o.ka
8 號

<ruby>9<rt>ここの</rt></ruby><ruby>日<rt>か</rt></ruby>	<ruby>10<rt>とお</rt></ruby><ruby>日<rt>か</rt></ruby>	<ruby>14<rt>じゅうよっ</rt></ruby><ruby>日<rt>か</rt></ruby>	<ruby>17<rt>じゅうしち</rt></ruby><ruby>日<rt>にち</rt></ruby>
ko.ko.no.ka	to.o.ka	ju.u.yo.k.ka	ju.u.shi.chi.ni.chi
9 號	10 號	14 號	17 號

<ruby>19<rt>じゅうく</rt></ruby><ruby>日<rt>にち</rt></ruby>	<ruby>20<rt>はつ</rt></ruby><ruby>日<rt>か</rt></ruby>	<ruby>30<rt>さんじゅう</rt></ruby><ruby>日<rt>にち</rt></ruby>	<ruby>31<rt>さんじゅういち</rt></ruby><ruby>日<rt>にち</rt></ruby>
ju.u.ku.ni.chi	ha.tsu.ka	sa.n.ju.u.ni.chi	sa.n.ju.u i.chi.ni.chi
19 號	20 號	30 號	31 號

お<ruby>誕生日<rt>たんじょうび</rt></ruby>はいつですか。
o ta.n.jo.o.bi wa i.tsu de.su ka
您生日是什麼時候？

～<ruby>年<rt>ねん</rt></ruby>～<ruby>月<rt>がつ</rt></ruby>～<ruby>日<rt>にち</rt></ruby>です。
～ .ne.n ～ .ga.tsu ～ .ni.chi de.su
～年～月～日。

日的累計

日本にはどのくらい滞在しますか。
ni.ho.n ni wa do.no ku.ra.i ta.i.za.i.shi.ma.su ka
在日本會停留多久呢？

☐☐☐☐ です。
☐☐☐☐ de.su
☐☐☐☐ 。

不會説的
時候比這裡

いち にち 1日 i.chi.ni.chi 1天	ふつ か かん 2日間 fu.tsu.ka.ka.n 2天	みっ か かん 3日間 mi.k.ka.ka.n 3天	よっ か かん 4日間 yo.k.ka.ka.n 4天
いつ か かん 5日間 i.tsu.ka.ka.n 5天	むい か かん 6日間 mu.i.ka.ka.n 6天	なの か かん 7日間 na.no.ka.ka.n 7天	よう か かん 8日間 yo.o.ka.ka.n 8天
ここの か かん 9日間 ko.ko.no.ka.ka.n 9天	とお か かん 10日間 to.o.ka.ka.n 10天	いっしゅうかん 一週間 i.s.shu.u.ka.n 一個禮拜	いっ げつ 一か月 i.k.ka.ge.tsu 一個月

※1～10天的「間」可省略。
かん

今日は何曜日ですか。
きょう　　　　なんようび

kyo.o wa na.n.yo.o.bi de.su ka

今天是星期幾？

_____ **です。**

_____ de.su

_____ 。

不會説的
時候比這裡

にちようび **日曜日**	げつようび **月曜日**	かようび **火曜日**	すいようび **水曜日**
ni.chi.yo.o.bi	ge.tsu.yo.o.bi	ka.yo.o.bi	su.i.yo.o.bi
星期天	星期一	星期二	星期三

もくようび **木曜日**	きんようび **金曜日**	どようび **土曜日**
mo.ku.yo.o.bi	ki.n.yo.o.bi	do.yo.o.bi
星期四	星期五	星期六

すうじ へん
数字編 | su.u.ji he.n
数字篇

MP3
68

じ かん
時間　ji.ka.n；時間

| 時・分 |

いま　なんじ
今は何時ですか。
i.ma wa na.n.ji de.su ka
現在幾點了？

[　　　] です。

[　　　] de.su

[　　　] 。

不會說的
時候比這裡

いち じ **1 時** i.chi.ji 1 點	に じ **2 時** ni.ji 2 點	さん じ **3 時** sa.n.ji 3 點	よ じ **4 時** yo.ji 4 點
ご じ **5 時** go.ji 5 點	ろく じ **6 時** ro.ku.ji 6 點	しち じ **7 時** shi.chi.ji 7 點	はち じ **8 時** ha.chi.ji 8 點
く じ **9 時** ku.ji 9 點	じゅう じ **10 時** ju.u.ji 10 點	じゅういち じ **11 時** ju.u.i.chi.ji 11 點	じゅう に じ **12 時** ju.u.ni.ji 12 點

1分 <ruby>いっ<rt>いっ</rt></ruby><ruby>ぷん<rt>ぷん</rt></ruby>

i.p.pu.n

1分

2分 に ふん

ni.fu.n

2分

3分 さん ぷん

sa.n.pu.n

3分

4分 よん ぷん

yo.n.pu.n

4分

5分 ご ふん

go.fu.n

5分

6分 ろっ ぷん

ro.p.pu.n

6分

7分 しち / なな ふん

shi.chi / na.na.fu.n

7分

8分 はっ ぷん

ha.p.pu.n

8分

9分 じゅう ふん

kyu.u.fu.n

9分

10分 じゅう / じっ ぷん

ju.p / ji.p.pu.n

10分

39分 さんじゅうきゅう ふん

sa.n.ju.u.kyu.u.fu.n

39分

51分 ごじゅういっ ぷん

go.ju.u.i.p.pu.n

51分

※ 3 時半（< sa.n.ji ha.n > ; 3點半）

数字編 ^{すう じ へん}
su.u.ji he.n
數字篇

MP3
69

数量詞 ^{すうりょう し}　su.u.ryo.o.shi；數量詞

これを ☐☐☐☐ ください。

ko.re o ☐☐☐☐ ku.da.sa.i

請給我 ☐☐☐☐ 這個。

不會説的
時候比這裡

個（漢語用法）

いっ こ **1個** i.k.ko 1 個	に こ **2個** ni.ko 2 個	さん こ **3個** sa.n.ko 3 個	よん こ **4個** yo.n.ko 4 個
ご こ **5個** go.ko 5 個	ろっ こ **6個** ro.k.ko 6 個	なな こ **7個** na.na.ko 7 個	はっ こ **8個** ha.k.ko 8 個
きゅう こ **9個** kyu.u.ko 9 個	じゅっ こ **10個** ju.k.ko 10 個		

不會説的
時候比這裡

個（和語用法）

ひと **1つ** hi.to.tsu 1 個	ふた **2つ** fu.ta.tsu 2 個	みっ **3つ** mi.t.tsu 3 個	よっ **4つ** yo.t.tsu 4 個

いつ **5**つ	むっ **6**つ	なな **7**つ	やっ **8**つ
i.tsu.tsu	mu.t.tsu	na.na.tsu	ya.t.tsu
5 個	6 個	7 個	8 個

ここの **9**つ	とお **10**
ko.ko.no.tsu	to.o
9 個	10 個

人數

きゃくさま　　なんめいさま
お客様、何名様ですか。

o kya.ku.sa.ma na.n.me.e.sa.ma de.su ka

請問客人有幾位？

です。

de.su

。

不會説的
時候比這裡

ひとり **1**人	ふたり **2**人	さん　にん **3**人
hi.to.ri	fu.ta.ri	sa.n.ni.n
1 個人	2 個人	3 個人

よ　にん **4**人	ご　にん **5**人
yo.ni.n	go.ni.n
4 個人	5 個人

數字篇

237

你也可以
這樣回答

いち めい
1 名
i.chi.me.e
1 位

に めい
2 名
ni.me.e
2 位

さん めい
3 名
sa.n.me.e
3 位

よん めい
4 名
yo.n.me.e
4 位

ご めい
5 名
go.me.e
5 位

これを ☐☐☐☐☐ ください

ko.re o ☐☐☐☐☐ ku.da.sa.i

請給我這個 ☐☐☐☐☐ 。

不會説的
時候比這裡

人份

いち にんまえ
1 人前
i.chi.ni.n.ma.e
1 人份

に にんまえ
2 人前
ni.ni.n.ma.e
2 人份

さん にんまえ
3 人前
sa.n.ni.n.ma.e
3 人份

よ にんまえ
4 人前
yo.ni.n.ma.e
4 人份

ご にんまえ
5 人前
go.ni.n.ma.e
5 人份

ろく にんまえ
6 人前
ro.ku.ni.n.ma.e
6 人份

7 人前
しち / なな にんまえ

shi.chi / na.na.ni.n.ma.e
7 人份

8 人前
はち にんまえ

ha.chi.ni.n.ma.e
8 人份

9 人前
きゅう にんまえ

kyu.u.ni.n.ma.e
9 人份

10 人前
じゅう にんまえ

ju.u.ni.n.ma.e
10 人份

不會説的
時候比這裡

杯、碗的單位

1 杯
いっぱい

i.p.pa.i
1 杯（碗）

2 杯
に はい

ni.ha.i
2 杯（碗）

3 杯
さん ばい

sa.n.ba.i
3 杯（碗）

4 杯
よん はい

yo.n.ha.i
4 杯（碗）

5 杯
ご はい

go.ha.i
5 杯（碗）

6 杯
ろっ ぱい

ro.p.pa.i
6 杯（碗）

7 杯
なな はい

na.na.ha.i
7 杯（碗）

8 杯
はっ ぱい

ha.p.pa.i
8 杯（碗）

9 杯
きゅう はい

kyu.u.ha.i
9 杯（碗）

10 杯
じゅっ ぱい

ju.p.pa.i
10 杯（碗）

數字篇

不會説的
時候比這裡

瓶、枝、串單位

いっぽん
1本
i.p.po.n
1瓶（枝；串）

にほん
2本
ni.ho.n
2瓶（枝；串）

さんぼん
3本
sa.n.bo.n
3瓶（枝；串）

よんほん
4本
yo.n.ho.n
4瓶（枝；串）

ごほん
5本
go.ho.n
5瓶（枝；串）

ろっぽん
6本
ro.p.po.n
6瓶（枝；串）

ななほん
7本
na.na.ho.n
7瓶（枝；串）

はっぽん
8本
ha.p.po.n
8瓶（枝；串）

きゅうほん
9本
kyu.u.ho.n
9瓶（枝；串）

じゅっ / じっぽん
10 本
ju.p / ji.p.po.n
10瓶（枝；串）

不會説的
時候比這裡

盒、箱的單位

ひとはこ
1箱
hi.to.ha.ko
1盒（箱）

ふたはこ
2箱
fu.ta.ha.ko
2盒（箱）

さんぱこ
3箱
sa.n.pa.ko
3盒（箱）

よんはこ
4箱
yo.n.ha.ko
4盒（箱）

<ruby>5<rt>ご</rt></ruby>箱<ruby><rt>はこ</rt></ruby>

go.ha.ko

5 盒（箱）

<ruby>6<rt>ろっ</rt></ruby>箱<ruby><rt>ぱこ</rt></ruby>

ro.p.pa.ko

6 盒（箱）

<ruby>7<rt>なな</rt></ruby>箱<ruby><rt>はこ</rt></ruby>

na.na.ha.ko

7 盒（箱）

<ruby>8<rt>はっ</rt></ruby>箱<ruby><rt>ぱこ</rt></ruby>

ha.p.pa.ko

8 盒（箱）

<ruby>9<rt>きゅう</rt></ruby>箱<ruby><rt>はこ</rt></ruby>

kyu.u.ha.ko

9 盒（箱）

<ruby>10<rt>じゅっ / じっ</rt></ruby>箱<ruby><rt>ぱこ</rt></ruby>

ju.p / ji.p.pa.ko

10 盒（箱）

すみません、☐☐☐☐☐を押<ruby><rt>お</rt></ruby>してください。

su.mi.ma.se.n ☐☐☐☐☐ o o.shi.te ku.da.sa.i

不好意思，請幫我按 ☐☐☐☐☐ 。

不會說的
時候比這裡

樓層的單位

<ruby>1<rt>いっ</rt></ruby>階<ruby><rt>かい</rt></ruby>

i.k.ka.i

1 樓

<ruby>2<rt>に</rt></ruby>階<ruby><rt>かい</rt></ruby>

ni.ka.i

2 樓

<ruby>3<rt>さん</rt></ruby>階<ruby><rt>がい</rt></ruby>

sa.n.ga.i

3 樓

<ruby>4<rt>よん</rt></ruby>階<ruby><rt>かい</rt></ruby>

yo.n.ka.i

4 樓

<ruby>5<rt>ご</rt></ruby>階<ruby><rt>かい</rt></ruby>

go.ka.i

5 樓

<ruby>6<rt>ろっ</rt></ruby>階<ruby><rt>かい</rt></ruby>

ro.k.ka.i

6 樓

<ruby>7<rt>なな</rt></ruby>階<ruby><rt>かい</rt></ruby>

na.na.ka.i

7 樓

<ruby>8<rt>はっ / はち</rt></ruby>階<ruby><rt>かい</rt></ruby>

ha.k / ha.chi.ka.i

8 樓

<ruby>9<rt>きゅう</rt></ruby>階<ruby><rt>かい</rt></ruby>

kyu.u.ka.i

9 樓

<ruby>10<rt>じゅっ / じっ</rt></ruby>階<ruby><rt>かい</rt></ruby>

ju.k / ji.k.ka.i

10 樓

不會說的
時候比這裡

其他單位

いち まい
1枚
i.chi.ma.i
1 張

いっ ちゃく
1着
i.c.cha.ku
1 件（衣服）

いっ そく
1足
i.s.so.ku
1 雙（鞋子、襪子）

いっ さつ
1冊
i.s.sa.tsu
1 本（書籍）

ひと き
1切れ
hi.to.ki.re
1 塊、1 片

いち
1リットル
i.chi.ri.t.to.ru
1 公升

いち
1キロ
i.chi.ki.ro
1 公斤

ひゃく
100グラム
hya.ku.gu.ra.mu
100 公克

MP3
70

あいさつ
挨拶 a.i.sa.tsu；打招呼

きょう
今日は [   ] ですね。

kyo.o wa [   ] de.su ne

今天 [   ] 啊。

不會説的
時候比這裡

てん き
いい天気

i.i te.n.ki
天氣真好

さむ
寒い

sa.mu.i
真冷

あつ
暑い

a.tsu.i
真熱

すず
涼しい

su.zu.shi.i
真涼爽

あめ
すごい雨

su.go.i a.me
雨下得真大

そうですね。
so.o de.su ne
真的。

〜ですね。
〜 de.su ne
〜。（將對方所説的話重複一遍即可）

★★旅遊小補帖

如何與日本人寒暄？

除了你好、早安、午安、晚安，日本人還喜歡利用天氣的話題來打招呼。據説是因為日本四季分明，大家對氣候的變化較為敏感，再加上日本人頗注重個人隱私，招呼多是點到為止，這個既不牽涉個人隱私，又不必傷腦筋的話題，自然而然就成了最普遍的招呼語。

出國旅遊若能和當地人交談，也是收獲，如何跟日本人開啟話
きょう   てん き
題，「今日はいい天気ですね（＜ kyo.o wa i.i te.n.ki de.su ne ＞；今天天氣真好啊）」這樣的寒暄再合適也不過了。如果碰到友善的日本人主動跟你打招呼怎麼辦？只要回答「そうですね（＜ so.o de.su ne ＞；真的）」或把他的話重複一遍如「暑いですね（＜ a.tsu.i de.su ne ＞；
あつ
真熱啊）」即可。

243

MP3
71

自己紹介
じ こ しょうかい

ji.ko.sho.o.ka.i；自我介紹

私は台湾から来ました。
わたし たいわん き

wa.ta.shi wa ta.i.wa.n ka.ra ki.ma.shi.ta
我從台灣來的。

日本は初めてですか。
に ほん はじ

ni.ho.n wa ha.ji.me.te de.su ka
第 1 次來日本嗎？

はい、初めてです。
はじ

ha.i ha.ji.me.te de.su
是的，是第 1 次。

いいえ、〜回目です。
かい め

i.i.e 〜 .ka.i.me de.su
不，是第〜次。

日本はどうですか。
に ほん

ni.ho.n wa do.o de.su ka
覺得日本如何？

景色がとてもきれいです。
け しき

ke.shi.ki ga to.te.mo ki.re.e de.su
風景非常漂亮。

料理がおいしいです。
りょう り

ryo.o.ri ga o.i.shi.i de.su
料理很美味。

台湾に行ったことがありますか。
ta.i.wa.n ni i.t.ta ko.to ga a.ri.ma.su ka
去過台灣嗎？

はい、～回です。
ha.i ～ .ka.i de.su
有，～次。

いいえ、行ったことがありません。
i.i.e i.t.ta ko.to ga a.ri.ma.se.n
不，沒去過。

台湾はどうですか。
ta.i.wa.n wa do.o de.su ka
覺得台灣如何？

果物がおいしかったです。
ku.da.mo.no ga o.i.shi.ka.t.ta de.su
水果很好吃。

夜市が面白かったです。
yo.i.chi ga o.mo.shi.ro.ka.t.ta de.su
夜市很有趣。

たいわん
台湾はどこがおすすめですか。
ta.i.wa.n wa do.ko ga o su.su.me de.su ka
台灣哪裡推薦呢？

┌─────────┐ **はいいですよ。**
│   │
└─────────┘ wa i.i de.su yo

┌─────────┐
│   │ 很好喔。
└─────────┘

不會説的
時候比這裡

ひがしかいがん	タイペイ	なんぶ	ちゅうぶ
東海岸	**台北**	**南部**	**中部**
hi.ga.shi.ka.i.ga.n	ta.i.pe.e	na.n.bu	chu.u.bu
東海岸	台北	南部	中部

た もの
おすすめの食べ物はありますか。
o su.su.me no ta.be.mo.no wa a.ri.ma.su ka
有推薦的食物嗎？

┌─────────┐ **はとてもおいしいですよ。**
│   │
└─────────┘ wa to.te.mo o.i.shi.i de.su yo

┌─────────┐
│   │ 很好吃喔。
└─────────┘

不會説的
時候比這裡

てんしん
点心
te.n.shi.n
點心

ショウロンポー
小籠包
sho.o.ro.n.po.o
小籠包

しゅうどうふ
臭豆腐
shu.u.do.o.fu
臭豆腐

かき
牡蠣オムレツ
ka.ki o.mu.re.tsu
蚵仔煎

大根餅
_{だいこんもち}

da.i.ko.n mo.chi
蘿蔔糕

豚の血餅
_{ぶた} _{ち もち}

bu.ta no chi.mo.chi
豬血糕

台湾式さつま揚げ
_{たいわんしき} _あ

ta.i.wa.n.shi.ki sa.tsu.ma.a.ge
甜不辣

台湾式ライスプリン
_{たいわんしき}

ta.i.wa.n.shi.ki ra.i.su.pu.ri.n
碗粿

海老蒸し餃子
_{えび} _む _{ぎょう ざ}

e.bi mu.shi gyo.o.za
蒸蝦餃

もみじの甘辛煮
_{あまから に}

mo.mi.ji no a.ma.ka.ra.ni
鼓汁鳳爪

ライスクレープ

ra.i.su ku.re.e.pu
腸粉

ご飯物
_{はんもの}

go.ha.n.mo.no
飯類

魯肉飯
_{ルーローハン}

ru.u.ro.o.ha.n
魯肉飯

粽
_{ちまき}

chi.ma.ki
粽子

豚の角煮ご飯
_{ぶた} _{かくに} _{はん}

bu.ta no ka.ku.ni go.ha.n
焢肉飯

鶏肉の細切りご飯
_{とりにく} _{ほそ ぎ} _{はん}

to.ri.ni.ku no ho.so.gi.ri go.ha.n
雞肉飯

麺類
_{めんるい}

me.n.ru.i
麺類

牡蠣そうめん
_{かき}

ka.ki so.o.me.n
蚵仔麵線

汁ビーフン
しる

shi.ru bi.i.fu.n
米粉湯

焼きビーフン
や

ya.ki bi.i.fu.n
炒米粉

担仔麺
タンツーメン

ta.n.tsu.u me.n
擔仔麵

牛肉麺
ぎゅうにくめん

gyu.u.ni.ku me.n
牛肉麵

スープ

su.u.pu
湯品

肉（烏賊）のとろみスープ
にく いか

ni.ku (i.ka) no to.ro.mi su.u.pu
肉（花枝）羹

魚のつみれスープ
さかな

sa.ka.na no tsu.mi.re su.u.pu
魚丸湯

デザート

de.za.a.to
甜點

かき氷
こおり

ka.ki.go.o.ri
刨冰

タピオカミルクティー

ta.pi.o.ka mi.ru.ku.ti.i
珍珠奶茶

パパイヤミルク

pa.pa.i.ya mi.ru.ku
木瓜牛奶

マンゴーアイス

ma.n.go.o a.i.su
芒果冰

その他
た

so.no ta
其他

からすみ

ka.ra.su mi
烏魚子

腸詰
ちょうづめ

cho.o.zu.me
香腸

台湾に行ったことはないけど、行ってみたいです。
ta.i.wa.n ni i.t.ta ko.to wa na.i ke.do i.t.te mi.ta.i de.su
雖然沒去過台灣，但很想去看看。

これは私の ＿＿＿＿＿ です。
ko.re wa wa.ta.shi no ＿＿＿＿＿ de.su
這是我的 ＿＿＿＿＿ 。

不會說的
時候比這裡

アドレス
a.do.re.su
網址

電話番号
de.n.wa.ba.n.go.o
電話號碼

携帯番号
ke.e.ta.i.ba.n.go.o
行動號碼

住所
ju.u.sho
地址

もし、＿＿＿＿＿ に寄ることがあれば、
ぜひ声をかけてください。

mo.shi ＿＿＿＿＿ ni yo.ru ko.to ga a.re.ba ze.hi ko.e o ka.ke.te ku.da.sa.i

如果有去 ＿＿＿＿＿ 的話，一定要跟我說一聲。

不會說的
時候比這裡

台北
ta.i.pe.e
台北

台中
ta.i.chu.u
台中

台南
ta.i.na.n
台南

高雄
ta.ka.o
高雄

花蓮
ka.re.n
花蓮

＿＿＿＿を案内しますよ。
あんない

＿＿＿＿ o a.n.na.i.shi.ma.su yo

我會帶你去 ＿＿＿＿ 。

不會説的
時候比這裡

おいしい店
みせ
o.i.shi.i mi.se
好吃的店

夜市
よ いち
yo.i.chi
夜市

旧市街
きゅう し がい
kyu.u.shi.ga.i
老街

人気スポット
にん き
ni.n.ki su.po.t.to
人氣景點

ありがとうございます。
機会がありましたら、ぜひお願いします。
き かい　　　　　　　　　　　　　ねが
a.ri.ga.to.o go.za.i.ma.su ki.ka.i ga a.ri.ma.shi.ta.ra ze.hi o ne.ga.i shi.ma.su
謝謝。如果有機會的話，一定麻煩您。

今日お話できてとても楽しかったです。
きょう　　はなし　　　　　　　　　　たの
kyo.o o ha.na.shi de.ki.te to.te.mo ta.no.shi.ka.t.ta de.su
今天能跟您交談很開心。

お名前を伺ってもよろしいですか。
な まえ　　うかが
o na.me.e o u.ka.ga.t.te mo yo.ro.shi.i de.su ka
能請教您的大名嗎？

附錄

日語音韻表

〔清音〕				
あ段	い段	う段	え段	お段
あ ア a	い イ i	う ウ u	え エ e	お オ o
か カ ka	き キ ki	く ク ku	け ケ ke	こ コ ko
さ サ sa	し シ shi	す ス su	せ セ se	そ ソ so
た タ ta	ち チ chi	つ ツ tsu	て テ te	と ト to
な ナ na	に ニ ni	ぬ ヌ nu	ね ネ ne	の ノ no
は ハ ha	ひ ヒ hi	ふ フ fu	へ ヘ he	ほ ホ ho
ま マ ma	み ミ mi	む ム mu	め メ me	も モ mo
や ヤ ya		ゆ ユ yu		よ ヨ yo
ら ラ ra	り リ ri	る ル ru	れ レ re	ろ ロ ro
わ ワ wa				を ヲ o
ん ン n				

行 labels: あ行 か行 さ行 た行 な行 は行 ま行 や行 ら行 わ行

〔濁音・半濁音〕

が ガ ga	**ぎ ギ** gi	**ぐ グ** gu	**げ ゲ** ge	**ご ゴ** go
ざ ザ za	**じ ジ** ji	**ず ズ** zu	**ぜ ゼ** ze	**ぞ ゾ** zo
だ ダ da	**ぢ ヂ** ji	**づ ヅ** zu	**で デ** de	**ど ド** do
ば バ ba	**び ビ** bi	**ぶ ブ** bu	**べ ベ** be	**ぼ ボ** bo
ぱ パ pa	**ぴ ピ** pi	**ぷ プ** pu	**ぺ ペ** pe	**ぽ ポ** po

〔拗音〕

きゃ キャ kya	**きゅ キュ** kyu	**きょ キョ** kyo	**しゃ シャ** sha	**しゅ シュ** shu	**しょ ショ** sho
ちゃ チャ cha	**ちゅ チュ** chu	**ちょ チョ** cho	**にゃ ニャ** nya	**にゅ ニュ** nyu	**にょ ニョ** nyo
ひゃ ヒャ hya	**ひゅ ヒュ** hyu	**ひょ ヒョ** hyo	**みゃ ミャ** mya	**みゅ ミュ** myu	**みょ ミョ** myo
りゃ リャ rya	**りゅ リュ** ryu	**りょ リョ** ryo	**ぎゃ ギャ** gya	**ぎゅ ギュ** gyu	**ぎょ ギョ** gyo
じゃ ジャ ja	**じゅ ジュ** ju	**じょ ジョ** jo	**びゃ ビャ** bya	**びゅ ビュ** byu	**びょ ビョ** byo
ぴゃ ピャ pya	**ぴゅ ピュ** pyu	**ぴょ ピョ** pyo			

日本的行政區
與各縣市

おきなわ
沖縄
o.ki.na.wa

㊼

ほっかいどう
北海道
ho.k.ka.i.do.o

1

とうほく
東北
to.o.ho.ku

2

3

4

ちゅう ぶ
中部
chu.u.bu

5

6

8

7

ちゅうごく
中国
chu.u.go.ku

10

9

きゅうしゅう
九州
kyu.u.shu.u

11

12

22

21

20

23

13

33

34

25

28

24

26

29

15

14

19

18

17

かんとう
関東
ka.n.to.o

16

31

32

27

35

40

38

37

39

36

30

41

43

44

45

46

42

しこく
四国
shi.ko.ku

きんき
近畿
ki.n.ki

① 北海道
ほっ かい どう
ho.k.ka.i.do.o

② 青森県
あお もり けん
a.o.mo.ri ke.n

③ 秋田県
あき た けん
a.ki.ta ke.n

④ 岩手県
いわ て けん
i.wa.te ke.n

⑤ 山形県
やま がた けん
ya.ma.ga.ta ke.n

⑥ 宮城県
みや ぎ けん
mi.ya.gi ke.n

⑦ 福島県
ふく しま けん
fu.ku.shi.ma ke.n

⑧ 新潟県
にい がた けん
ni.i.ga.ta ke.n

⑨ 富山県
と やま けん
to.ya.ma ke.n

⑩ 石川県
いし かわ けん
i.shi.ka.wa ke.n

⑪ 福井県
ふく い けん
fu.ku.i ke.n

⑫ 岐阜県
ぎ ふ けん
gi.fu ke.n

⑬ 長野県
なが の けん
na.ga.no ke.n

⑭ 山梨県
やま なし けん
ya.ma.na.shi ke.n

⑮ 愛知県
あい ち けん
a.i.chi ke.n

⑯ 静岡県
しず おか けん
shi.zu.o.ka ke.n

富山縣五箇山合掌造聚落

附録

255

⑰
千葉県
ち ば けん
chi.ba ke.n

⑱
神奈川県
か な がわ けん
ka.na.ga.wa ke.n

⑲
東京都
とう きょう と
to.o.kyo.o to

⑳
埼玉県
さい たま けん
sa.i.ta.ma ke.n

㉑
栃木県
とち ぎ けん
to.chi.gi ke.n

㉒
群馬県
ぐん ま けん
gu.n.ma ke.n

㉓
茨城県
いばら ぎ けん
i.ba.ra.ki ke.n

㉔
大阪府
おお さか ふ
o.o.sa.ka fu

㉕
京都府
きょう と ふ
kyo.o.to fu

㉖
奈良県
な ら けん
na.ra ke.n

㉗
兵庫県
ひょう ご けん
hyo.o.go ke.n

京都府金閣寺

㉘
滋賀県
し が けん
shi.ga ke.n

㉙
三重県
み え けん
mi.e ke.n

㉚
和歌山県
わ か やま けん
wa.ka.ya.ma ke.n

㉛
広島県
ひろ しま けん
hi.ro.shi.ma ke.n

(32) 岡山県
おか やま けん
o.ka.ya.ma ke.n

(33) 島根県
しま ね けん
shi.ma.ne ke.n

(34) 鳥取県
とっ とり けん
to.t.to.ri ke.n

(35) 山口県
やま ぐち けん
ya.ma.gu.chi ke.n

(36) 徳島県
とく しま けん
to.ku.shi.ma ke.n

(37) 愛媛県
え ひめ けん
e.hi.me ke.n

(38) 香川県
か がわ けん
ka.ga.wa ke.n

(39) 高知県
こう ち けん
ko.o.chi ke.n

(40) 福岡県
ふく おか けん
fu.ku.o.ka ke.n

(41) 佐賀県
さ が けん
sa.ga ke.n

(42) 大分県
おお いた けん
o.o.i.ta ke.n

(43) 長崎県
なが さき けん
na.ga.sa.ki ke.n

(44) 熊本県
くま もと けん
ku.ma.mo.to ke.n

(45) 宮崎県
みや ざき けん
mi.ya.za.ki ke.n

(46) 鹿児島県
か ご しま けん
ka.go.shi.ma ke.n

(47) 沖縄県
おき なわ けん
o.ki.na.wa ke.n

沖繩縣招福獅

東京都電車路線圖

© 2015 Royal Orchid International Co., Ltd.

附錄

橫濱電車路線圖

© 2015 Royal Orchid International Co., Ltd.

大阪電車路線圖

御堂筋線
谷町線
四つ橋線（四橋線）
中央線
千日前線
堺筋線
長堀鶴見緑地線
今里筋線
南港ポートタウン線
（南港城口線）

© 2015 Royal Orchid International Co., Ltd.

名古屋電車路線圖

© 2015 Royal Orchid International Co., Ltd.

京都電車路線圖

烏丸線
東西線
JR京都線
JR東海道新幹線
其他

© 2015 Royal Orchid International Co., Ltd.

附錄

福岡電車路線圖

空港線
箱崎線
七隈線
西鉄貝塚線
JR筑肥線
西鉄天神大牟田線

博多湾

西鉄貝塚線
JR鹿児島本線
JR新幹線

貝塚
箱崎九大前
箱崎宮前
馬出九大病院前
千代県庁口
呉服町
中洲川端
天神
赤坂
唐人町
大濠公園
姪浜
室見　藤崎　西新
JR筑肥線
薬院大通
桜坂
六本松
七隈線
別府
茶山
金山
七隈
梅林　福大前
橋本　次郎丸　賀茂　野芥

祇園
博多　東比恵
福岡空港
（福岡國際機場）

天神南
渡辺通
薬院
平尾
高宮
大橋

肥後天草大牟田線

© 2015 Royal Orchid International Co., Ltd.

札幌電車路線圖

東西線
南北線
東豐線
JR函館本線
JR千歲線
市電

至小樽
宮の沢
（宮之澤）
發寒南
琴似
二十四軒
西28丁目
円山公園
西11丁目
西18丁目
市電

麻生
北34条
北24条
北18条
北13条東
北12条
南北線
さっぽろ

栄町
東豐線
新道東
元町
環状通東
（札幌）
東区役所前
JR函館本線
バスセンター前
（巴士中心前）
菊水

大通
すすきの
（薄野）
中島公園
幌平橋
中の島
（中之島）
平岸
南平岸
澄川
自衛隊前
真駒内

豊水すすきの
（豐水薄野）
学園前
豊平公園
美園
月寒中央
福住

東札幌
白石
南郷7丁目
南郷13丁目
南郷18丁目
大谷地
ひばりが丘
（雲雀丘）
新さっぽろ
（新札幌）

JR千歲線
至新千歲空港
至旭川

© 2015 Royal Orchid International Co., Ltd.

國家圖書館出版品預行編目資料

一比就通！名部落客 WAWA 的手指日語便利帳 /
林潔珏著
-- 修訂初版 -- 臺北市：瑞蘭國際,2015.07
272 面；14.8 × 21 公分 --（外語達人系列；13）
ISBN：978-986-5639-34-1（平裝附光碟片）
1. 日語 2. 旅遊 3. 會話
803.188   104011660

外語達人系列 13

一比就通！
名部落客WAWA的
手指日語便利帳 暢銷修訂版

作者｜林潔珏
責任編輯｜葉仲芸、王愿琦
校對｜林潔珏、葉仲芸、王愿琦

封面、版型設計、排版｜劉麗雪
日文錄音｜こんどうともこ、福岡載豐
錄音室｜采漾錄音製作有限公司

董事長｜張暖彗／社長兼總編輯｜王愿琦／主編｜葉仲芸
編輯｜潘治婷／編輯｜紀珊／設計部主任｜余佳憓
業務部副理｜楊米琪／業務部專員｜林湲洵／業務部助理｜張毓庭

出版社｜瑞蘭國際有限公司／地址｜台北市大安區安和路一段 104 號 7 樓之一
電話｜(02)2700-4625／傳真｜(02)2700-4622／訂購專線｜(02)2700-4625
劃撥帳號｜19914152 瑞蘭國際有限公司／瑞蘭網路書城｜www.genki-japan.com.tw

總經銷｜聯合發行股份有限公司／電話｜(02)2917-8022、2917-8042
傳真｜(02)2915-6275、2915-7212／印刷｜宗祐印刷有限公司
出版日期｜2015 年 07 月修訂初版 1 刷／定價｜350 元／ISBN｜978-986-5639-34-1

◎ 版權所有、翻印必究

◎ 本書如有缺頁、破損、裝訂錯誤，請寄回本公司更換